U0754609

刘逸生 / 著

今天我们怎么读唐诗

唐诗小札

下

广东旅游出版社
GUANGDONG TRAVEL & TOURISM PRESS
悦读书·悦旅行·悦享人生

中国·广州

■ 名人对唐诗的评价 ■

严羽

盛唐诸公，唯在兴趣。羚羊挂角，无迹可求。故其妙处，透彻玲珑，不可凑泊。如空中之音，相中之色，水中之影，镜中之象，言有尽而意无穷。

苏轼

李太白、杜子美以英玮绝世之姿，凌跨百代，古今诗人尽废。然魏、晋以来，高风绝尘亦少衰矣。

王国维

太白纯以气象胜。"西风残照，汉家陵阙"，寥寥八字，遂关千古登临之口。

闻一多

诗是唐人排解感情纠葛的特效剂，说不定他们正因有诗作保障，才敢于放心大胆的制造矛盾，因而那时代矛盾人格才特别多。

五言绝句是唐诗中的精品，二十个字就是二十个仙人，容不得一个滥竽充数。

鲁迅

我以为一切好诗，到唐已被做完，此后倘非能翻出如来掌心之"齐天大圣"大可不必动手。

林语堂

我想女人略带含蓄静娴，才有意思。这如唐诗，可以慢慢咀嚼。

其实五律七律至五绝七绝，二十字或二十八字，整齐排比，命意遣词，不容稍懈，故言已尽而意无穷。这正如席上的冷盘，一口一口嚼去，醒人脾胃，在长篇记事诗便不宜了。唐诗的好处便在此，短处也在此。

郭沫若

白乐天的闲适诗，应该说是诗人在封建势力压迫下的后退一步。这种后退，与其解释为明哲保身，倒表示着诗人的高洁，不愿意和恶浊的社会同流合污。

钱钟书

唐诗、宋诗，亦非仅朝代之别，乃体格性分之殊。天下有两种人，斯分两种诗。唐诗多以丰神情韵擅长，宋诗多以筋骨思理见胜。

老舍

我喜爱跳动的、天才横溢的诗，而不爱那四平八稳的工力深厚的诗。乌吉尔（现译维吉尔）是杜甫，而我喜欢李白。

（日）吉川幸次郎

唐诗显得如火中焚，紧凑而激烈。简言之，在匆匆趋向死亡的人生过程中，诗人作诗只能抓住贵重的瞬间，加以凝视而注入感情，使感情凝聚、喷出、爆发。诗人所凝视的只是对象的顶点。

这本书要带你去旅行的地方

长安

长安，是今天西安的旧称，是中国历史上建都时间最早，历时最长，朝代最多的古都。长安城呈长方形，东西长约10公里，南北长约9公里。长安城的每一面都有三座城门，其中以城南的明德门最为宏伟。长安城的主街为朱雀大街，将整个长安城平分为东市和西市。东市对内贸易，西市对外。很多阿拉伯人、波斯人都在西市经商。

与长安有关的诗

长安大道连狭斜，青牛白马七香车。（卢照邻《长安古意》）
春风得意马蹄疾，一日看尽长安花。（孟郊《登科后》）
长安陌上无穷树，唯有垂杨管别离。（刘禹锡《杨柳枝》）
总为浮云能蔽日，长安不见使人愁。（李白《登金陵凤凰台》）
夜听胡笳折杨柳，教人意气忆长安。（王翰《凉州词》）

长安八景之"雁塔晨钟"

白马寺

洛阳

　　洛阳地处古洛水北岸而得名,有4000余年建城史和1529年建都史,在唐朝时是仅次于长安的繁荣大都市。《河图洛书》在此诞生,儒、释、道、玄、理肇始于此,丝绸之路与隋唐大运河在此交汇。由于洛阳处于大运河的沿岸,进而成为唐代的粮仓。唐代的洛阳是东都。武则天当皇帝时就在洛阳登基,并一直在洛阳主持政务。洛阳城内最著名的宫殿就是武则天当时居住的上阳宫。

与洛阳有关的诗

疑有女娥西望处,上阳烟树正秋风。(杜牧《洛阳》)

洛阳三月花如锦,多少工夫织得成。(刘克庄《莺梭》)

唯有牡丹真国色,花开时节动京城。(刘禹锡《赏牡丹》)

洛阳亲友如相问,一片冰心在玉壶。(王昌龄《芙蓉楼送辛渐》)

谁家玉笛暗飞声,散入春风满洛城。(李白《春夜洛阳城闻笛》)

秦淮河夜景

南京

旧称为建康、金陵等。南京被称为"六朝胜地，十代都会"。著名的乌衣巷曾经是三国两晋时期望族的居住地。秦淮河更是"六朝"金粉之地。由于过往的繁华，南京到了唐代时已经辉煌散尽，成了平常生活之地。唐朝时，许多诗人都曾路过金陵，留下不少的诗篇。

与南京有关的诗

王濬楼船下益州，金陵王气黯然收。（刘禹锡《西塞山怀古》）

金陵夜寂凉风发，独上高楼望吴越。（李白《金陵城西楼月下吟》）

烟笼寒水月笼沙，夜泊秦淮近酒家。（杜牧《泊秦淮》）

朱雀桥边野草花，乌衣巷口夕阳斜。（刘禹锡《乌衣巷》）

昨玩西城月，青天垂玉钩。朝沽金陵酒，歌吹孙楚楼。（李白《玩月金陵城西孙楚酒楼，达曙歌吹，日晚乘醉着紫绮裘、乌纱巾，与酒客数人棹歌秦淮，往石头访崔四侍御》）

成都

　　唐代，由于以成都所在的剑南道（剑南道是在唐初由益州改称）为代表的蜀地经济的繁荣，因而与江南地区一样，成都成为唐王朝财赋的主要供应区域。成都当时是全国有名的物资集散中心，不仅城内有东、南、西、北市等经常性市场，还有花市、药市、蚕市、灯市等专业性、季节性市场，其后还出现了夜市。由于印刷业的发达，当时的大诗人李白、杜甫、王勃、卢照邻、高适、岑参、薛涛、李商隐、雍陶等短期旅居成都。

与成都有关的诗

　　九天开出一成都，万户千门入画图。草树云山如锦绣，秦川得及此间无。（李白《上皇西巡南京歌》）
　　锦城丝管日纷纷，半入江风半入云。（杜甫《赠花卿》）
　　锦江滑腻峨眉秀，幻出文君与薛涛。（元稹《寄赠薛涛》）
　　锦江近西烟水绿，新雨山头荔枝熟。（张籍《成都曲》）
　　濯锦江边两岸花，春风吹浪正淘沙。[刘禹锡《浪淘沙（其五）》]

杜甫草堂

玉门关

　　俗称小方盘城，始建于汉武帝开通西域道路、设置河西四郡之时。现存关城呈方形，四周城垣保存完好，为黄胶土夯筑，开西北两门。作为中央政权与西北游牧部落接壤地带的前哨，玉门关既是唐王朝西开疆拓土的起点，也是西北游牧部落东向进攻的门户。在唐代诗人的笔下，"玉门关"是寄寓着他们远离故乡家园的惆怅，在他们心目中，荒凉悠远是毋庸置疑的共识。

与玉门关有关的诗

青海长云暗雪山，孤城遥望玉门关。（王昌龄《从军行》）
玉门山嶂几千重，山北山南总是烽。（王昌龄《从军行》）
明月出天山，苍茫云海间。长风几万里，吹度玉门关。（李白《关山月》）
闻道玉门犹被遮，应将性命逐轻车。（李颀《古从军行》）
胡人吹笛戍楼间，楼上萧条海月闲。（高适《和王七玉门关听吹笛》）

玉门关

[目录]

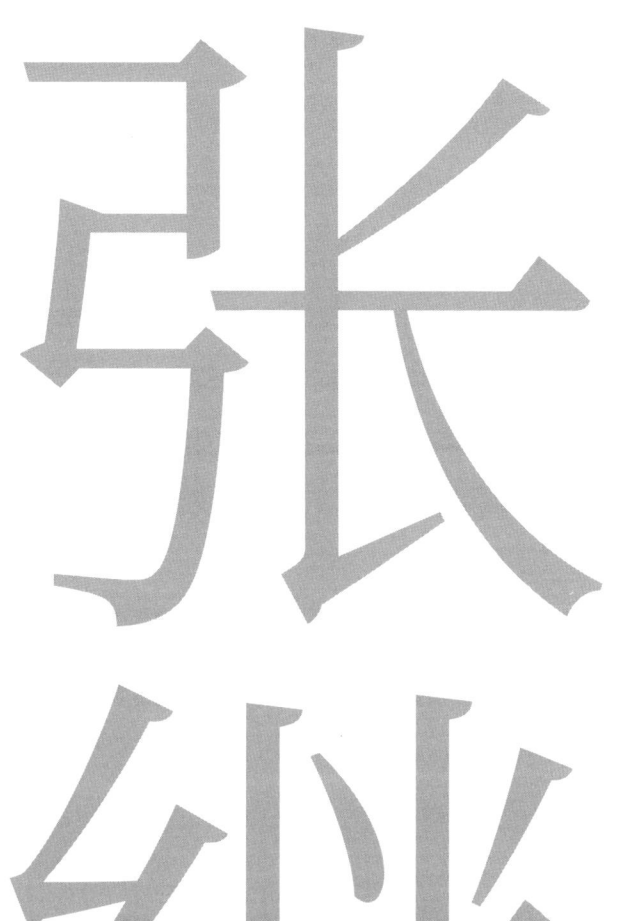

字懿孙，襄州（今湖北襄樊）人。他的诗爽朗激越，不事雕琢，比兴幽深，事理双切，对后世颇有影响，以《枫桥夜泊》最有名。有《张祠部诗集》。

枫桥[1]夜泊

月落乌啼霜满天，江枫渔火对愁眠。

姑苏城外寒山寺[2]，夜半钟声到客船[3]。

[1] 枫桥——在今江苏省苏州市阊门外。

[2] 寒山寺——苏州名胜之一，在枫桥附近。

[3] 根据后人的许多考证材料，证明唐代的佛寺，确有半夜敲钟的习惯。

张继的《枫桥夜泊》，在题山赋水的诗作中，好像是在枫桥侧畔建立起一座丰碑。此后一千多年的封建社会，再也没有人在同样的地点跨越过他了。为了这一首诗，枫桥、寒山寺和寺里的大钟都成为国内外知名的胜迹或古董了。

古代诗人之所以不能跨越过他，这是可以理解的。当抹上中古时代色彩的枫桥景色没有发生根本变化以前，这二十八个字无疑已占尽风光，使后来的人无从措手。崔颢写了《黄鹤楼》诗，竟使李白有"眼前有景道不得"之叹，这是很多人都知道的。同样的情况如张祜的《题金陵渡》：

金陵津渡小山楼，一宿行人自可愁。

潮落夜江斜月里，两三星火是瓜洲。

假如金陵渡和它对岸的瓜洲，依然大体上保持着这种风貌，那么，要跨过张祜，同样也是一种极大的困难。而我们今天的诗人无疑是异常幸运的，在新的生产关系基础上，新的建设、新的人物，给每一个角落带来了新的景象和迥然不同的风貌，比过去巍峨壮伟得多的诗的丰碑，将会遍地涌现，从而让前人建立起来的东西成为今天的对照，成为记录历史的一段往迹。

这首诗为什么会成为脍炙人口的名作呢？仔细地对它的艺术技巧进行寻味，我想还是可以获得解答的，虽然这并不是一件很容易的事情。这里就尝试探索一下看。

首先，我们看到了由远而近的景物层次，仿佛在一个透明的水晶球里出现。这里面有秋夜的霜天，天脚的残月，老树上的栖鸦，树梢头还隐约出现寺宇的轮廓；然后，在近处是江畔的枫树，渔舟的火光，桥下就是夜泊的客船。它们综合起来，便已初步构成枫桥的夜景。但光是这样，色彩仍然不够强烈，我们发现诗人在设色方面也下了一番功夫。试看这里面，霜天和残月是"冷色"，江枫和渔火却是"暖色"，它们分别交织在树、桥、渔舟、山寺的暗影之中，各自显出或明或暗，或迷蒙或鲜亮、或平静或摇曳的不同色彩。仿佛有哪一个天才画家举起淋漓的彩笔，给予这些色彩以跳动着的生命似的，令人对各种形象平添了一层鲜明的立体的感觉。

但这幅彩画之妙似乎还不止于此，你再仔细看看，那么，霜天那种透明似的明亮，和渔火的鲜艳的明亮是一种强烈对照，同时又是一种和谐。而霜天的清淡和残月的迷蒙，它们既和谐而又有层次。再往近处看，渔火和江枫彼此映照，又另具一种明暗浓淡的情态，衬托着桥、树和船的剪影。于是由远景到近景之间，就出现了多样化的色彩和情调，使枫桥夜色显得无比地幽美起来。

不过，仅仅这些色泽和光影，诗人认为还不足以道尽枫桥夜泊之妙，于是他又写出音响和没有音响的冷寂，从而就点出了"夜泊"的特叙氛围。本来，从上面那些景色中，夜泊的旅客已经感到羁旅的难堪，而栖鸦的夜啼，却又加深了深夜孤寂之感，使羁旅之情更为深重。就在这难堪的情绪中，不远的寒山寺里，铿然发出震荡着夜空的钟声，随着音波的颤动，仿佛一下一下都敲在满怀愁绪的旅客心上，而且仿佛还一下一下地敲在每一个读者的心上。我们此时好像也到了枫桥夜泊之处，和诗人一起谛听，并且勾引起同样的心事了。

可以看到，在这首诗里，形象、色彩、音响的交织融会，以及在交织融会中的远近，明暗，位置、层次是如何巧妙地和谐。而这些又都要和夜泊的旅人的心情融成一片，不能显出割裂的痕迹；何况它还必须符合格律诗的安排和规范。现在诗人却能够运用高度的艺术手腕去渲染表现。它之成为名作，就并不是偶然的了。

韦应物

约737—约791年，京兆万年（今陕西西安）人。其诗以写田园风物著名，寄情悠远，语言简淡。涉及时政和民生疾苦之作，亦颇有佳作。韦诗以五言诗成就最高，风格冲淡闲远，语言简洁朴素，有「五言长城」之称。有《韦苏州集》。

寄全椒山中道士[1]

今朝郡斋冷[2]，忽念山中客[3]。

涧底束荆薪，归来煮白石。

欲持一瓢酒，远慰风雨夕。

落叶满空山，何处寻行迹？

[1]全椒——县名，属安徽省，在滁县之南。

[2]郡斋——州郡的衙署。韦应物曾任滁州刺史，这里指滁州的衙署。

[3]据王象之《舆地纪胜》，全椒县西三十里有神山，有洞极深。韦应物寄全椒道士诗，即指此山道士。

这首诗向来被称为韦应物的名作，前人对它有很高的评价。有人说它"一片神行"，有人说是"化工之笔"，又有人说它"代表韦应物的艺术特色"。可是，怎叫"神行"，怎叫"化工"，又如何代表了作者的艺术特色？还有待于进一步的探讨。

这首诗乍看无甚惊人之句。打个比喻，好像一潭秋水，冷然而清。品评起来，也不那么容易着笔。正如飞瀑千丈，不妨作种种形容和想象，而澄绿一湖，却没有多少色相可求。

题目叫《寄全椒山中道士》。既然是"寄"，自然是吐露对山中道士的忆念之情。这点还容易明白。但忆念只是一层，还有更深的一层，却需要我们细心去领略。

它的关键在于那个"冷"字。全诗所透露的也正是在这个"冷"字。它既是写出郡斋气候的冷，更是写出诗人心头的冷。诗人由于这两种冷而忽然想起山中的道士。山中的道士在这寒冷气候中还要到涧底去打柴，而打柴回来却是"煮白石"。这里用"煮白石"三字妙在包含了两重意思：一是指出他们道士的生活。葛洪《神仙传》说有个白石先生，"尝煮白石为粮，因就白石山居"。二是说他们要修炼道家的"煮五石英法"。原来道家修炼，要服食所谓"石英"。方法是用薤白、黑芝麻、白蜜、山泉水和白石英五样东西，在斋戒之后的农历九月九日，起建炉灶，把五样东西放进锅里熬煮（见《云笈七签》卷七十四）。这种服食法当然是道家的迷信玩意，无须深论。

既然道士在山中艰苦修炼，诗人就想到要给他们送一瓶酒去

（"瓢"就是装东西的葫芦），好让他们在这秋风秋雨之夜，得到一点友情的安慰。不料再想进一层，他们都是逢山住山、见水止水的人，今天也许在这块石岩边安顿，明天恐怕又迁到另一处洞穴里安身了。何况秋天来了，满山落叶，连路也不容易找到，他们走过的脚迹自然也给落叶掩没了。那么，到何处去找这些"浮云柳絮无根蒂"的人呢？

我们于是看到，诗人心头上有种种反复，情感上有种跳荡。开头是由于郡斋的冷而想到山中的道士，再想到送酒去安慰他们，终于又觉得找不着他们而无可奈何。而自己心中的寂寞之情，也终于无从消解。

但是诗人描写这些复杂的感情，却是通过感情和形象的配合。"郡斋冷"两句抒写，可以看到诗人在郡斋中的寂寞。"束荆薪""煮白石"是一种形象，这里面有山中道人的种种活动。"持酒"和"风雨夕"又是一种感情抒写，诗人有送酒的心理活动，虽然事实上酒并没有送出去。"落叶空山"却是另一种形象了，是秋气萧森、满山落叶、全无人迹的深山。这些形象和抒情串联起来，便构成了带有独特感情的意境，很耐人寻味。

形象思维的运用，可以构成一个广大的空间，让读者置身其中，感到有广大的回旋想象的余地，也可以构成一种感情色彩，让读者受到它的暗示、启发，引起自己的感情活动。我们读许多唐人的诗，都能体味到这种效果。而韦应物这首诗，画面构成的是一幅萧疏淡远的景，启人想象的却是表面平淡而实则深挚的情。在萧疏中见出空阔，在平淡中见出深挚。这样的用笔，就使人有"一片神行"的感觉。说穿了，是形象思维的巧妙运用。

自然，细读这诗，也还可以看出作者的另一层用意，那就是对于宦情的冷淡和对于隐士品格的欣慕。《唐诗纪事》写他"性高洁，所在焚香扫地而坐"。这种性格也常常反映在他的诗歌里面。这里就用不着去细论了。

初发扬子寄元大校书[1]

凄凄去亲爱，泛泛入烟雾。

归棹洛阳人，残钟广陵[2]树。

今朝此为别，何处还相遇？

世事波上舟，沿洄安得住。

---

[1]校书——官名。唐代的校书郎，掌管校勘书籍，订正讹误。

[2]广陵——扬州的古称。在唐代，由扬州经运河可以直达洛阳。

　　韦应物离开广陵（今江苏扬州市）回洛阳去。他在船中怀念在广陵的朋友元大（大是排行，其人名字已不可考）。诗中用"亲爱"称他，可见彼此友情颇好，所以韦应物在还能望见广陵城外的树和还能听到寺庙钟声的时候，就想起要写诗寄给他了。

　　这首诗是以"归棹洛阳人，残钟广陵树"十个字著名的。为什么这十个字能脍炙人口呢？

　　诗人和这位朋友分手，心情很有点悲伤。可是船终于开行了。船儿漂荡在烟雾之中，他还不住回头看着广陵城，还可以看见城外的树林子。他想起在广陵和元大校书这段友谊，心情正在觉得难受，就在这个时候，忽又传来了在广陵听惯的寺庙的钟声，一种不能不离开而又舍不得同朋友分离的矛盾心情，随着这散落在江上的钟声，和在迷蒙中的树色而更加激化起来了。广陵的残钟扣动了诗人的心弦，也扣进了读者的感情之中。这正是通过形象进行抒情，并且让形象的魅力也感染了读者。"残钟广陵树"这五个字，感情色彩是异常强烈的。

　　然而，假如我们追问一下："残钟广陵树"五个字，只不过写了远树和钟声，何以便产生这样的感情效果？这一问是不可少的。因为光看这五个字，实在不一定能表示什么感情，更不用说是愁情了。而它现在之能够表现出这种特殊的感情，是和上文一路逼拢过来的诗人告诉我们的感情分不开的。这便是客观的形象受到感情的色彩照射后产生的特殊效果。

　　诗人笔下的山水树木或其他客观事物，往往带上诗人本身的感情，但是到底是什么感情，却不一定都能明确地知道。清初的吴乔（修龄）论诗，曾举出自己写的两句《灯花》诗：

脂浮初夜根无托，她①落三更子不成。

他说这两句诗"有我自己在"。是什么的我呢？他说他自己没有个好儿子，所以看见灯花就想到"根无托""子不成"了（灯花当然是不能结子的）。这虽然也是物象中藏有诗人的感情，可是他自己不说，旁人怎能猜出这层意思来？可见"以景寓情"不是没有条件的。正如矛盾着的双方互相转化一定要有条件一样，这个条件就是要让读者看得懂。（当然看得懂可以通过不同的途径或方法。如李白诗："此夜曲中闻《折柳》，何人不起故园情？"我们只有知道古人有过折柳赠别的风俗，才理解到《折杨柳曲》能引起思忆故乡的感情。但这在古人却是不言而喻的。这仅是一例。）

为了让别人看懂，诗人"以景喻情"时，既有明点，也有暗示。明点的像孟浩然的《宿建德江》：

移舟泊烟渚，日暮客愁新。

野旷天低树，江清月近人。

"野旷……"的景色，本来无愁可言，但由于诗人在日暮泊舟之中，眼见野旷天低，江清月近，一种苍茫寥廓、旅途寂寞之感，一时袭上心头，才把这种景色写下来。然而若不是有了"客愁新"的引逗，这两句怎会带上这种特定的感情色彩，并为读者所领略呢？

韦应物这首诗，开头的"凄凄去亲爱，泛泛入烟雾"，就已透出惜别友好之情。接以"归棹洛阳人"（自己不能不走），再跌出"残钟广陵树"，这五个字便如晚霞受到夕阳的照射，特别染上一层离情别绪的特殊的颜色。这就比许多难舍难分的径情直述，那感情还要耐人体味。

下面，"今朝此为别"四句，一方面是申述朋友重逢的不易；一方面又是自开自解，世事本来就不能由个人做主，正如波浪中的船，要么就给水带走，要么就在风里打旋，是不由你停下来的。这样，既是开解自己，又是安慰朋友。

表面平淡，内蕴深厚，韦应物就是擅长运用这种艺术手法。

① 炧（xiè）——烛心的灰烬。

卢纶

748—约799年，字允言，河中蒲（今山西永济）人。「大历十才子」之一。卢纶的诗，以五七言近体为主，多唱和赠答之作。但他在从军生活中所写的诗，如《塞下曲》等，风格雄浑，情调慷慨，历来为人传诵。有《卢纶诗集》十卷。

塞下曲（录四）

一

鹫翎金仆姑，燕尾绣蝥弧[1]。

独立扬新令[2]，千营共一呼。

二

林暗草惊风[3]，将军夜引弓。

平明寻白羽[4]，没在石棱中。

[1]鹫翎——指箭上的羽毛。金仆姑——古代一种箭的名字。《左传》："公以金仆姑射南宫长万。"蝥弧音矛胡。《左传》："颍考叔取郑伯之旗蝥弧以先登。"句中"燕尾"指旗末作燕尾状。

[2]句指将军独自高高站着，发布新的军中命令。

[3]句中指将军夜间外出，风吹草动，把石头误认为虎。

[4]平明——早晨。白羽——箭。

三

月黑雁飞高，单于夜遁逃。

欲将轻骑逐[5]，大雪满弓刀。

四

野幕敞琼筵，羌戎贺劳旋[6]。

醉和金甲舞，雷鼓动山川。

[5]将——读平声，率领的意思。骑——读去声。逐——追赶。

[6]羌戎——唐代居住在今河北省北部的少数民族。贺劳旋——慰劳将士凯旋。

这四首诗，可以完整地作为一组来读。诗人在这里用了昂扬欢乐的调子，有力地描写了这位保卫国防、击退外敌侵犯的边关将帅，赞颂了保家卫国的英雄，是一组思想性、艺术性都很高的歌颂正义战争的诗章。

在组诗的第一首里，我们看到一支纪律严明、士气奋发的部队，同时也看到一位受到战士爱戴的主帅。

开头两句的描写是巧妙的。本来，"鹫翎金仆姑"，不过是一支上好的箭；"燕尾绣蝥弧"，不过是一竿中军大旗。即使在字面上加上装饰，也还是箭和旗子罢了。但是，当诗人把两者联系起来之后，通过读者推想作者运用典故的用意，再加以想象和补充，就分明看见这两者并不是箭和旗子，而是一位勇猛善射（从人物性格看）、掌握一军之权（从人物身份看）的主将。这正是形象性的语言的妙用。作者的用意也正是选样，他避开了许多烦琐的刻画，只是单独选取了最能代表将军性格的金箭，和最能说明将军身份的绣旗，一番点染，便把一位军中主将烘托出来了。在中国传统的诗的技巧中，这种手法并不是少见的。它的好处是使所描写的对象，形象凝练而又突出，并且服从了诗的规范。但是，这并不同于纯然的卖弄技巧。这种技巧必须服从于形象思维的规律才行。"金仆姑"和"绣蝥弧"，不是平白地安上去的，而是为了表现这位将军的最主要的特征，是有需要这样地写的。如果脱离了主题的内容，技巧就会丧失了本身的生命力，甚至产生相反的效果。

　　"独立扬新令,千营共一呼。"乍一看,只是一个发布号令的场面;但是细看下去,还会发现并不如此简单。它其实是要写出军中的号令严明,战士的纪律性强。"千营共一呼"五字,形容一阵震天动地的呐喊,还使人感到军中士气的昂扬奋发,和万众一心的团结力量。而这样一个场面,反过来又加强了这位将军在性格上的色彩,显得他正是善于"将兵"的统帅。所以全诗虽然寥寥二十个字,却包含了丰富的内容和艺术暗示。

　　在第二首里,诗人抽出部队生活中一个侧面——将军误石为虎,一箭射去,结果把箭深深地插进石头里。这是一个富于戏剧性的场面。初看这四句,也许以为不过是作者随手引了李广射石的故事,略加点染罢了。(选注这首诗的选家,也是举出这个故事作注的。)但是作者的用意也并不这样简单。固然,由于在第一首中,作者点出了"金仆姑",已经暗示了这位将军是善射的,第二首就用李广的故事点染一番,也可说顺理成章。不过仅仅这样,这远不是作者的真正意图。文学作品自然要通过形象来感染读者,问题是如何创造有血有肉的艺术形象,使它产生感染的力量。诗人在这里选取"射虎中石"的场面,通过这个戏剧性的行动,使这位将军的善射,他的勇敢,以及他那过人的膂力,也就是说,他个人的特征,更加浓烈地浮现在人们眼前。这是容易理解的。然而,更重要的是,诗人之所以加重笔墨来赞美将军,正是为了赞美这支卫国的部队,使人觉得这支队伍有充分的信心和力量击败敌人,这才是作者深刻的用意。这话不是凭空牵扯。从艺术形象的典型意义来说，在一定的条件底下，歌颂领袖人物，也就等于歌颂了集体。正因为这个领袖人物是集体意志和集体利益的代表者、体现者。从这一意义看来，这首诗强调将军的勇武，就完全不是多余的或者可有可无的，而是缺少了就不完整。至于这位将军是不是真和李广一样，有过同样的"射虎中石"的经历，或者可以换上另外一个场面，那倒不重要。即令是诗人在虚构吧，它也是根源于生活，根源于这位主将的性格特征，而不是主观上的向壁虚构。因此他写来就能够使人信服，使人感觉到形象所具有的力量。

在第三首里，诗人写出一幅追奔逐北的动人景象。为什么不写两军相搏？我看诗人是经过再三思考的。也许他认为描写正在浴血苦战、胜负未决的场面没有必要，用不着浪费笔墨；也许认为前面两首早已充分写出了我军胜算在握的形势，再写战斗过程就会成为"蛇足"。因而诗人着重从侧面落墨，着重刻画敌人的总崩溃和我军乘胜追击的场景。这样写，我看更显出诗人运用手法的高明，不单笔墨干净明快，而且我军所向披靡的英雄气概也烘托得特别鲜明，使人更容易感到作者的着力点是对卫国战士的歌颂，而不是徒然只写一场战争。

这一首诗的调子也是极其昂扬的。"月黑雁飞高"，已经暗示了在荒漠沙碛中敌人连夜退却，所以连鸿雁也受惊而高高飞起。"单于"在这里指当时北方入侵者的总头领，点出"单于"夜遁，等于说敌人已经总崩溃。下面两句，写乘胜追击，极形象，也极有光彩。月黑无光，鸿雁哀鸣，将军亲自带着轻装的骑士，在大雪纷飞中追歼残敌。这时，满目只见刀剑和弓箭的冷光，和漫天的飞雪交织闪耀。作者是把胜利的喜悦作了形象化的描绘。月黑和大雪，不在于显示作战的艰苦，而是在于反衬主将的坚决、果断和士气的激昂奋发，句子里充满一片崇高的赞颂。

第四首写凯旋庆功的热闹场面。旷野里张起了帐幕，排开了酒席，全军举行一个盛大的庆功会。这时候，当地的少数民族（所谓"羌戎"），过去曾经饱受"匈奴"侵凌压迫的，如今知道将军打了胜仗，"匈奴"远遁，从此地方安宁，人民生活有了保障，他们都纷纷牵羊携酒，前来祝贺和慰劳。汉族和"羌戎"之间，出现了一片民族团结的动人景象。这时，到处是欢歌乐舞，鼓声震天。将军在兴高采烈中，也就带着醉意，和大家一齐起舞，连身上披着的铠甲也忘记解下来了。

为了结束这一组诗，在这里，作者不仅仅限于以凯旋作结束，还特别写出了"羌戎贺劳旋"这一动人的事实，突出了击败外来侵略者对于加强民族团结的重大作用，这就把这一场战争的正义性更加明显地体现出来。不但全诗收束得异常饱满，而且更增强了这一组诗的主题思想的积极意义。

卢纶是"大历十才子"之一，现存诗中，他应酬赠别的作品较多，有积极意义的作品较少。但是这一组诗无论从思想性、艺术性去看，无不愧为上乘之作。

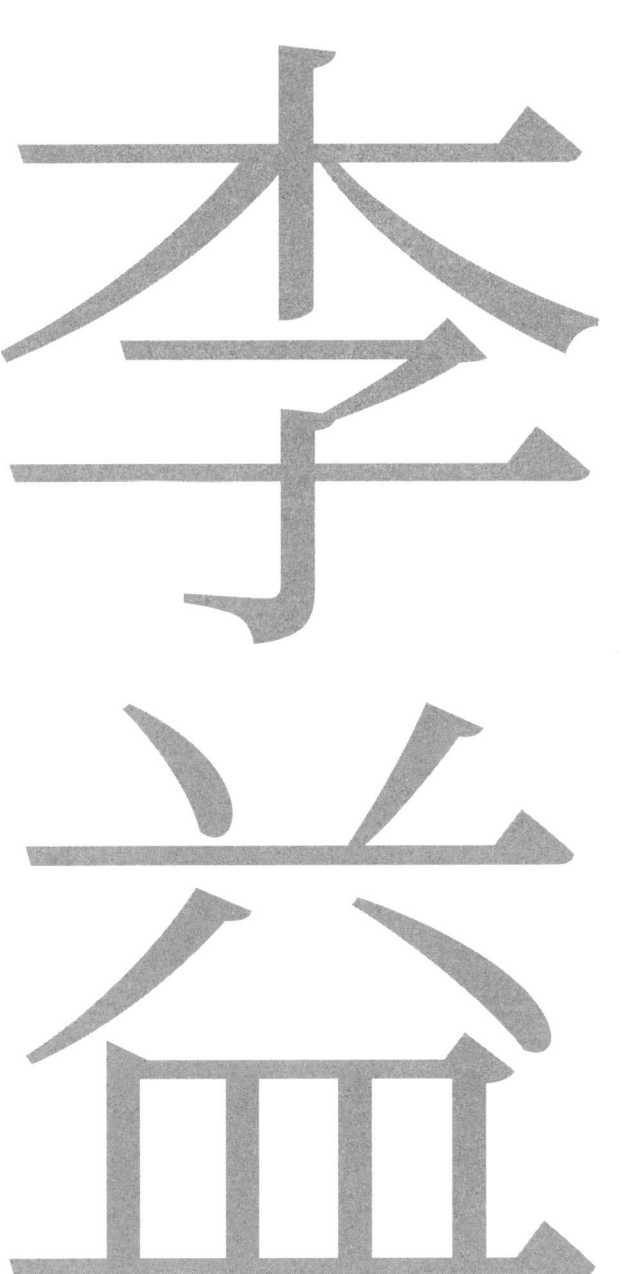

748—约829年，字君虞，陇西姑臧（今甘肃武威）人。大历进士。官至礼部尚书。诗音律和美，为当时乐工所传唱。长于七绝，以写边塞诗知名，情调感伤。有《李君虞诗集》二卷。

听晓角

边霜昨夜堕关榆，吹角当城汉月孤。

无限塞鸿飞不度，秋风卷入小单于。

古人的作品能够流传下来，不外是传抄、刻印和传唱传诵三种途径。而这三者都有出现错误的可能。文字出现的错误是因为抄写或刊刻的不慎，口头出现的错误是因为音同或音近。但还有一种是后人胡乱改动致误的。为了补救前人的疏失，于是出现了校勘学。有据古抄古本来校正的，也有据文意而改正的。这当然替后来读者增加了方便。但这种学问也真难说。不论抄本和刻本，清人多数认为越古越好，其实往往不见得。拿唐诗来说，近年在敦煌石室中发现的唐写本唐人选唐诗，可以说是最古的吧，它只有二十页，抄了七十三首诗（其中两首残缺）。作者是李昂、王昌龄、丘为、陶翰、李白、高適六人。字句和《全唐诗》及专集比较，有许多不同，这且不说，最奇怪的是一向传为孟浩然的《望洞庭湖赠张丞相》，它却夹在王昌龄的作品之中，题目是《洞庭湖作》，而且仅得开头四句，自"欲济无舟楫"以下都不见了（见中华书局版《唐人选唐诗》十种之一）。这就真是叫人迷惑得很了。拿这个否定那个，或拿那个否定这个，都很困难，只好暂时两者共存，等到再找到有力的证据，才做出最后决定。

旧体诗这种东西，文字出现歧义固然很费一番校正的功夫；便是文字并无歧义，但解释起来，常常会出现不同看法。碰到这种情况的时候，那又该怎么办呢？

不妨拿这首《听晓角》作为例子谈谈。

这首诗的一起一结，至少有两种不同的见解。

本来，解释前人的诗是一件不容易讨好的事情。虽不能说"诗无达诂"，但有些诗的确不易解释清楚，有些诗则又"见仁见智"，各不相同。倘因如此就取消了这一门，又未免因噎废食。处理之道我看不外乎两者：一是经过仔细考察，反复研讨，定为一解；一是不勉强求同，并存其说。

先看它的第一句："边霜昨夜堕关榆。"原是交代时间、节令和环境背景，以便引出下句的"吹角当城"。可是"关榆"一词却不大好解。有些书引今陕西榆林县的榆林关作注，认为"关榆"是榆关的倒文①。此是一解。但也有人释这句为"严霜一夕，榆林万叶，飞堕关前"②。那么"关榆"又成为关前的榆叶了。这该怎么解决？

释"关榆"为榆林关并非全无道理。因为李益是到过河朔（陕北绥南一带），漫游过长城内外的。榆林关是他曾驻足过的地方，这点可说毫无疑问。"榆关"倒作"关榆"，例子虽少，也并非绝无可能。但这终究是据作者的行踪来解释此句。如果再翻开《唐诗纪事》卷三十，这首诗第一句却作"边霜一夜落平芜"，那么，把"关榆"解为榆林关就颇有站不住脚的危险了。

解这句诗，我以为应当联系第二句，作为整个意境来寻味，才容易接近作者的意思。

诗的开头两句着重插写边关秋晨的冷寂凄清气象，从中烘托出听晓角的环境。特别应当看到"堕关榆"和"汉月孤"的内在联系。正因为昨夜边霜严烈，关上榆叶纷纷坠落，所以晨起一望，月亮才显得非常孤单。否则，这个"孤"字就显得突如其来，构成的意境也不够饱满了。"孤"字之所以下得好，正由于榆叶飘零，关前景物忽然变得凄清。这是从诗的艺术表现方法及句子的结构关系来判定的③。

上两句是听晓角的环境背景。下两句是正面听晓角。

这两句的意思是，当画角吹奏起"小单于"乐曲的时候，那声音呜咽悲凉，忽亢忽坠，在山谷里引起回响，显出一片战斗杀伐之气。这本来就够使人听了感到苍凉的了。不料强劲的秋风卷地而来，那呼啸的风声又参加了"小单于"的合奏，于是角声就更增强了它的力量，不但诗人引起许多感触，就连本来出塞北向南飞翔的鸿雁，听了这片异常的声响，也吓得不敢度过关城再向南飞了。这正是极力写出画角声响的力量，同时也暗示了秋风的强大。

但也有不同的解法，一种是说："无限塞鸿，闻角声悲奏，回翅南翔。"这是把鸿雁飞翔的方向弄错了。又说："地处极边，更北则为小单于之境。塞鸿避其严寒，至此不能飞度；唯有呜咽角声，随秋风远送，吹入单于。"④这又把秋风说成是由南向北吹的风，而且把"小单于"说成是少数民族了。

但另一种解释却指出，"小单于"本来是唐代大角曲中的一种，有《乐府诗集》（卷廿四）为证。

我认为，应该是从诗人构成的整个意境来理解这首诗：

边霜堕叶，晨月孤悬，城头吹角，呜咽凄清，秋风漫天卷来，角声更为激厉，鸿雁为之回翅北飞。在这样一幅图画，这样一种意境中，便透出人在清晓之际倾听画角的神味。诗人是通过这些形象来传达画角的乐声，传达吹角者的心情，并且传达听到画角声的人的感受的。而这，才是这首诗的最主要的内容。

①见高步瀛《唐宋诗举要》卷八。
②见俞陛云《诗境浅说》续编。
③或问关前有无榆树？接李益《回军行》："关城榆叶早疏黄。"可以为证。
④俞陛云《诗境浅说》续编。

柳中庸

?—约775年，名淡，河东（今山西永济）人。大历年间进士。与卢纶、李端为诗友。其诗以写边塞征怨为主，然意气消沉，无复盛唐气象。所写《征人怨》流传最广。《全唐诗》存诗仅十三首。

征人怨

岁岁金河复玉关，朝朝马策与刀环。

三春白雪归青冢，万里黄河绕黑山。

　　同一主题的诗，有各种不同的写法，所使用的艺术手法，自然也会因之不同。我们在欣赏别人的诗歌的时候，除了注意它的思想性之外，当然也会注意它的艺术性。一谈到艺术性，就牵涉到读者本人的艺术倾向、理解、趣味之类的问题，于是就难免意见分歧了。有些是对一首诗的理解有分歧，有些又是对一位诗人和他的整个作品的评价有分歧。"李杜优劣论"就是一个明显例子。

　　且说柳中庸的《征人怨》也是唐人七绝中一首比较有名的作品。但诗选家有人选它，有人就不选它。即使有几家都选了，可是为什么要拿它入选，恐怕彼此看法也不尽相同。一盘菜端上来，有人说，好处在香味；有人说，好处在爽脆；有人说，好在容易消化。因为口味不同，甚至要求不同，读诗和谈诗，也不免如此。我在这里谈《征人怨》在形式方面的特点，正是就着个人的口味来谈的。

　　开头读这首诗，觉得它音调铿锵，形式整齐，字句工丽。再读之下，就发觉有一连串地名跳进眼里：金河、玉关、青冢、黄河、黑山。它们都是唐代边塞诗里常见的名字。可是到底在什么地方？要弄清底细，就不得不去翻书。翻书的结果，知道金河又叫伊克土尔根河，在今内蒙古呼和浩特市之南，唐代设有金河县。青冢也在呼和浩特之南，是王昭君的墓地。黑山，虽说有好几个，但呼和浩特附近的杀虎山也叫黑山。从呼和浩特向西南走百多里，便到达黄河边上。看来好像很清楚，这几个地名，集中在今山西省长城以北一带，即汉代的云中、定襄地区，唐代为单于大都护府统辖之地。这首诗所描写的自然也是这个地区的征人了。可是，这么一估计，问题就跟着来了：玉关自然指的是玉门关，它却远在甘肃西部，离呼和浩特有三千多里。远戍的士兵，岂能"岁岁金河复玉关"，几千里路奔来跑去。何况又不是归一个都护府管辖呢。

有些诗选家作了解释："金河复玉关，意谓来往于最边远的地区。"意说不能实指，也无须实指。可惜还不够彻底。应该补充一句说，连青冢、金河、黑山、黄河也不必实指，所有这些名字，都是泛指边塞，是不管它们的位置在哪一条经纬线上的。

这话乍听起来有点费解。黑山不止一处，还可以说难以实指；黄河绵亘数千里，不定它的哪一段，也还罢了；难道青冢、金河也不可以实指么？其实，问题不在这上头，问题在于作者是在什么样的创作要求底下去运用这些地名的。

我们首先研究一下这首诗的艺术形式。从形式看，它有几个特点：第一，一、二两句构成一联，三、四两句也构成一联，全首对仗。第二，起联叙事，结联写景，直起直收，中间不作转折。第三，金河、玉关，马策、刀环，处处对仗工整。白雪、青冢、黄河、黑山，连用四个颜色字，色泽十分讲究。第四，在音节上，四句都采用"二——五"的句式（即在第二字略作停顿）可见作者有意把这首诗弄得对仗工整，色调华美，平仄妥帖，音韵铿锵。总的来说，要显出形式之美。

我们进一步研究作者的写作意图。从内容看，作者并没有打算把描写对象限定在某一地区。所以金河和玉关距离很远，不妨说是岁岁往来。黄河本不围绕黑山，又不妨说成是绕。其实诗中所下的"金河""玉关""黄河""黑山"等字样，范围包括中国整个北部边疆，并不限于其中一个小角落。根据此诗十分讲究形式之美这点来分析，"金河""玉关""青冢""黑山""黄河"，都是服从于形式美这个要求而配置上去的。

作者既要将绵延数千里的河山作高度的艺术概括，提炼典型，突出主题，那么，金河和玉关虽然相隔数千里，不妨把它们拉近；青冢和黑山即使很近，又不妨把它们推远。因此可以这样说：诗中的这些地名，都不必看作专有名词。诗中的山、河、关、冢，配上了金、玉、青、黑等字，都是抽象化的地名，不必硬向地图找它们的实在经纬线。这样才是活解而不是死解。

再就四句诗串解"岁岁金河复玉关"，说年年戍守在北边要塞之地。"朝朝马策与刀环"，说每天不是驰马，就是弄刀，过着军中生活。"三春白雪归青冢"，时已三春，归于青冢的只是白雪（不是花）。"万里黄河绕黑山"，路行万里，绕着那些黑山的还是黄河（可见"黑山"无非是边塞的山的泛称），在四句中，写"怨"字隐隐约约，不能说是刻画深刻，但有很宽的概括力量。

最引人注意的还是它那形式之美。当然，形式是为内容服务的，这首诗的题旨自然是在一"怨"字，但写怨也有各种不同表现手法。柳中庸这首诗，是以它那引人入胜的形式烘托内容来打动读者的。

子

孟郊

751—814年，字东野，湖州武康（今浙江德清）人。早年隐居嵩山。近五十中进士。其诗感伤遭遇，多寒苦之音。用字造句力避平庸浅率，追求瘦硬。与贾岛齐名，有『郊寒岛瘦』之名。有《孟东野诗集》。

怨诗

试妾与君泪[1]，两处滴池水。

看取[2]芙蓉花，今年为谁死！

[1]这句话的意思是：试把我和你的眼泪。

[2]看取——看一看。

抒情诗，可以写成鸿篇巨制，有如屈原的《离骚》；也可以写成短章，几句话就说完。在有才能的诗人看来，字数的多寡并不构成太大的限制。然而，像一首仅仅二十个字的五言绝句，要深刻完整地写出一种感情，却就不是那么容易了。问题还不在于语言的精练，语言精练当然是重要的，比较能掌握诗的技巧的人，一般都具有驾驭语言的艺术才能，使自己的作品不流于冗长拖沓，弄成一盆加水的牛奶；但仅仅如此还远远不够，作者如果没有对现实的深刻的洞察力，中肯地抓住问题的最本质的一点的本领，没有把复杂的客观现象或思想感情通过诗人的"筛眼"加以选择、过滤的才能，那么，要在一首二十个字的短诗中反映出深刻而又完美的思想感情，我看是不可能的。

有个法国文艺评论家说过："我们只说艺术的目的是表现事物的主要特征，表现事物的某个凸出而显著的特性，某个重要的观点，某种主要状态。""艺术家（为了表现重要的特征）为此特别删节那些遮盖特征的东西，挑出那些表明特征的东西，对于特征变质的部分加以修正，对于特征消失的部分加以改造。"（丹纳：《艺术哲学》第一章）孟郊这首诗正可以作为这个论点的印证。

这一首题目叫《怨诗》，写的是一种闺中怨妇的情思。她的丈夫远远到异乡去了，时间过得很久，总是没有回来。她丈夫也曾来信说自己也思念着她；而事实是这位远行人在异乡中另有寻欢取乐的去处，他信里说的多半都是假话，因而闺中少妇的怨愤也就更难禁受了。诗里的二十个字，无疑是一封投向她那无情的丈夫的控诉书。她要求和丈夫赌一个咒：把你和我的眼泪各自滴到一个池子里吧，试试看，哪一个池子的荷花今年长不起来，看它是为谁而死的？那你就知道我为你流下多少思念和怨恨的眼泪了。（当然，同时也就会证明你说的眼泪都是假话。）

你看，仅仅二十个字，多么深刻地刻画了这个少妇的怨愤之情；它抵得上千言万语，而千言万语未必比这二十个字更强劲有力，更深刻动人，这是因为诗人的确是从大量的"矿石"中经过筛选又筛选，凝练再凝练；渣滓去尽，精华独存，然后得出如此精练的一小块。我们可以想象诗人在刻意表现这个主题的时候，在题目的前前后后，里里外外，花费过多少思考。他甚至可能虚拟一个长篇的轮廓，然后逐步浓缩，最后才仅仅剩下这么的二十个字。

孟郊字东野，一生穷苦，五十岁才中进士。和韩愈交游，极为韩愈所推重，有"孟郊死葬北邙山，日月风云顿觉闲"的话。当时有人说他"苦思奇涩"，这四个字似褒似贬。而我则认为尽管有人"七步成章"有如子建，或"八叉成咏"有如飞卿[①]，作诗到底还是需要多花一点力气的。比如写一家人的贫寒，孟郊只用"借车载家具"，家具少于车而贫寒之态就不言而喻。这绝不是信口而出所能办到的。

为了进一步说明这首诗构思的深刻有力，不妨拿唐初诗人崔国辅的《怨词》作为对比：

种棘遮麊芜，畏人来采杀。

比至狂夫[②]还，看看几花发？

　　以花寄意,崔国辅和孟郊是一样的。可是崔国辅的"怨"是肤浅的。诗中的蘼芜,借用古诗"上山采蘼芜,下山逢故夫"的意思。蘼芜在农历七、八月开碎白花。她是种下荆棘把蘼芜遮蔽起来,希望丈夫至迟在秋天能够回家,好看看蘼芜花开了多少罢了。比起孟郊这首诗,那动人的力量不是相差太远了吗!

　　金代诗人元好问(遗山)没有理解到孟郊创作的艰苦的意义,轻率地诋毁他为"诗囚",是很不公平的,当然"苦思"并不是故意搜求奇险艰涩的句子,除了讲求思想内容之外,还须善于抉择,善于把捉,善于精练,这在上头已经说过了。

①晚唐诗人温庭筠,字飞卿,写诗很敏捷,据说只费叉手八次(叉手是一种敬礼的动作)的时间他就写成一首小赋,因此被称为"温八叉"。
②比至——及至。狂夫——指丈夫。

洛桥晚望

天津桥下冰初结，洛阳陌[1]上人行绝。

榆柳疏楼阁闲，月明直见嵩山雪[2]。

[1]陌——道路。

[2]嵩山——在河南登封市北，古称中岳。在洛阳也可以看见它的雄姿。

有人认为孟郊这首诗是一般的风景诗，其实不然，它是一首内容颇不简单的风景诗。作者的思想倾向隐蔽在平凡的字句中。

一个冬天的晚上，诗人站在洛桥上（横跨洛水的浮桥，又名天津桥），默默地望着眼前的一幅冬景。这个时候，桥下已经结了薄冰，平日喧闹的街道变得非常冷落，行人都已绝迹；夹道的榆和柳，剩下光秃的枝干，在严寒中瑟缩可怜；至于富家大宅的楼阁，此时也好像忽然闲起来了，冷冷清清，完全失掉平时的光彩。……可是，就在这一片阴冷、枯寂之外，涌出了另一片光辉灿烂，它仿佛要在别人都对严寒屈服闪避的时候，特别显出平常不容易给人发现的美。

——到底是什么样的一片光辉灿烂呢？诗人提笔大书特书道：

月明直见嵩山雪。

在严寒之中，冰初结，人行绝，楼阁闲，榆柳歇。然而，天空的明月却比平时加倍地发出光华；高耸在东南的嵩山，雪铺万丈，在月光之下也好像更加活跃起来。正如王国维把"明月照积雪"的境界称为"千古壮观"那样，在孟郊的眼前，雪月冷光相射，摇魂炫目，构成了洛城冬景中的异彩。

看来，在洛阳的冬天，这种景象并不是特别罕见的；但是在诗人的笔下，它却带上了异样色彩。可以看出，诗人在晚望之际，产生了一种并不寻常的感受，从而在严冬常见的景物上赋予它并不简单的思想内容。

"月明直见嵩山雪"——也许是诗人以此比喻自己，或比喻一种什么人物（比如越处在艰苦的环境中，有人越能够发出光辉来），也许只是一种偶然的感触，我们无从加以揣测，其实也无须硬作猜测。（不过，仍然值得一提的是孟郊的为人，《唐才子传》说他"裘褐悬结，未尝衔眉为可怜之色"。）诗人面对眼前景物，有自己的特殊感受。他看到了平时热闹而此时冷寂的一面，也看到了相反的一面，好像并不过分吃力地把这种感受写了出来；但又不是跳身出来向读者解释什么哲理。他只是通过艺术的筛选、概括，把所看到的景色介绍给读者，其实他已经把自己的感受告诉读者了。说这里面有比喻，可以；说没有比喻，也无损于这首诗的价值。反正，读者不能不为诗中的意境所吸引，受到感染，并且引起了相应的思想活动。

此诗第一句，桥下结冰，是写景；第二句，路绝行人，是写景；第三句是写景；第四句"月明直见嵩山雪"，依旧是景。一般地说，平列四景，容易弄成堆垛冗杂，使人生其原因常常是缺乏艺术结构上应有的考虑。比方用四句诗写出四种景色，像令狐楚的《宫中乐》："月上宫花静，烟含苑树深。银台门已闭，仙漏夜沉沉。"（五首之一）尽管用力刻画宫中夜景，却只是现象的罗列。孟郊这首《洛桥晚望》，初看也似是平列四景，可是仔细寻味，就可以看出前三句是一种境界，最后一句又是另一种境界；而前者是为了映衬后者，加强对比，突出主题而出现的。它们彼此所处的位置不同，作用各异，因而就不是四景平列，堆垛成篇，相反，还正好体现了作者在结构经营上的细密。

临池曲

池中春蒲叶如带，紫菱成角莲子大。

罗裙蝉鬓倚迎风，双双伯劳飞向东。

如果我们轻于相信"郊寒岛瘦"四字评语，以为孟郊的作品，它的内容和风格都只是一个"寒"字，读了这首《临池曲》，也许不会想到孟郊身上。这首诗不仅设色强烈，画面浓丽，并且含思宛转，看不出半点"寒伧"。说它风格近似李白，也能使人相信。可见一字之评，未必便可以认为恰切的。

从每句押韵，两句一转韵，以及诗题来看，《临池曲》属于乐府体裁。要读懂这首诗，并且领略它和乐府民歌的继承关系，我们最好能够对汉魏六朝的乐府民歌多少有些认识。

乐府民歌，常常采用即景起兴或托物寓意的手法，就在现代的民歌也不例外。我们翻阅《乐府诗集》，有几首题为《青阳度》的乐府诗，其中一首说："青荷盖绿水，芙蓉披红鲜。下有并根藕，上生并头莲。"又有两首《拔蒲》，其中一首说："青蒲含紫茸，长叶复从风。与君同舟去，拔蒲五湖中。"写的都是青年男女的恋爱，前一首通过莲花、莲藕喻义，后一首则从青蒲起兴，同样抒述相爱之情。孟郊这首《临池曲》，在构思方法上和词语的运用上和它们都很接近，差别的是它并非抒写男女之间的情爱，而是描写一个年轻的姑娘在"临池"时涌现的一种感情。

池子里杂乱地长着菖蒲①，弯弯的叶子伸展得很长，挺像衣袍上的带子。时光已是接近秋初，正是收菱的季节，菱茎上缀着一颗颗紫色的菱实，角儿尖尖，成群地藏在三角形的叶片下面。还有莲花也大都凋谢了，露出光秃秃的青色的莲蓬，每个莲蓬都蹲着好几颗莲子，可以看出这些胖胖的小个儿把子房挤得满满的。——诗的开头两句，写的是池中这些景象。说实在的，我们不晓得诗人想要说些什么。它在写景吗？有这个意思，可是又远不止这个。正如上面引录的民歌，不能单从开头看出它的用意一样。

要到第三句，诗人才点出了池子里有人。"罗裙蝉鬓"，是个年轻的姑娘。"倚迎风"，这个姑娘停下了操作，定神看着眼前的景色。

但是我们仍旧猜不透诗人在说些什么。比如，这个姑娘的出现，我们大体可以知道是采摘菱角和莲蓬，也许还要把蒲叶割下来准备编织，或是把蒲白拔下来准备做菜。至于为什么又说她"倚迎风"，就摸不出道理了。

我们还得研究研究第四句，并且由此对全篇加以寻味。

"双双伯劳飞向东"。伯劳是一种比麻雀大些，黑尾黑翼，长着灰褐色的背羽，茶色的胸毛的鸟儿，古书上说它"性好单栖"。这么说，伯劳双飞，在古人也许就认为是罕见的事情了。然而，"双双伯劳飞向东"，在作者的构思中，看来又有这样一种根据：梁简文帝有两首《东飞伯劳歌》，其中一首有句说："少年年纪方三六，含娇聚态倾人目。余香落蕊坐相催，可怜绝世谁为媒？"因此，作者很可能借用"东飞伯劳"的诗意，使得这句诗不是写一般的眼前景色，而是写出这位姑娘眼中所见、心中有感、带有特殊的情感内容的景色。

我们不妨做出这样的推测：

这位在池子里劳动着的姑娘，她割着蒲叶，采着菱角，或许还摘下来莲蓬。时光过得是那样快，不久之前它们还是一些嫩苗，如今都到了可以收获的时候，再也不是小娃娃了。可是，对比起来，尽管姑娘年纪也不小，却依然还是个姑娘。眼前，像衣带似的前叶，长了双钩的菱角，以及活像个胖小子藏在母亲怀里的莲子，对她来说，好像都有点嘲讽的味道。后来，她禁不住停下了手，仿佛靠在风的怀抱里，发怔地沉思起来。正在这个时候，天空里传来几声鸟叫，一抬头，只见双双伯劳掠过头上，它们快活地互相追逐着，鸣唱着，迎着风向东方飞去。……

至此诗意就显然了，诗里写的是一个农村姑娘面对跟前景物产生的青春易逝、年华不再的感触。在当时，它是带有普遍的社会意义的。正如晚唐诗人邵谒在《寒女行》里指出的："家贫人不聘，一身无听归。……青楼富家女，才生便有主。……他人如何欢，我意又何苦？"这是封建时代随时随地都存在的社会命题，尤其在时荒世乱的年代更加是这样。

邵谒的诗直抒胸臆，从正面落笔，让我们一看就明白。孟郊不然，他这首诗采用民歌常用的比兴手法，从侧面烘托。但民歌往往把主题随手点破，孟郊在这里却并不点破，而是通首含蓄，让读者自己去想，去寻味。他既吸取了东府民歌的神髓，又能化成自己的血肉，带有自己的风格。整首诗显示了词句凝练、意境深沉的美。

①蒲，多年生水生草本植物。花为蜡烛形。叶互生，长约一米多，可供编织之用。蒲席、蒲团之类，用它作为原料。蒲白可食。

韩愈

768—824年，字退之，河南河阳（今河南孟州市）人。自称郡望昌黎，世称韩昌黎。唐宋八大家之一，是唐代古文运动的倡导者。韩诗力求险怪新奇，雄浑重气势。在诗歌表现手法上，韩愈用写赋的方法作诗，铺张罗列，浓彩涂抹，穷形尽相，力尽而后止。有《昌黎先生集》。

秋怀诗（录一）

秋气日恻恻，秋空日凌凌。

上无枝上蜩，下无盘中蝇。

岂不感时节，耳目去所憎。

清晓卷书坐，南山见高棱。

其下澄湫水[1]，有蛟寒可罾[2]。

惜哉不得往，岂谓吾无能！

[1]湫水——祝充以为是长安附近的炭谷湫。

[2]罾（zēng）——用网捕捉。

　　韩愈于元和元年（公元806年）任国子博士。这是一个专为贵族官僚子弟服务的闲官。这种冷淡生涯，和韩愈的生平抱负距离之远，是可以想见的，这年秋天，他写了《秋怀诗》十一首，表述了自己抑郁不平的心情。这里选的是其中一首。

　　从诗歌中，不但可以看出诗人的思想倾向，并且往往可以看出他的性格。以唐诗来说，同是一首《长门怨》有些诗人就只能唱出自怨自艾的哀歌，把责任都归到被迫害者的身上；但也有人写出"珊瑚枕上千行泪，不是思君是恨君"的愤激之词。同一情况，对于秋天，有人就离不开日月易逝、人生几何的伤感；韩愈十一首《秋怀诗》中，偶然也有一些类似的调子，但是这首却完全不同。在这首诗里，我们听不到凄凄凉凉的浅吟低唱，有的却是爱憎分明的鲜明态度，不甘示弱的进取精神。如果说诗如其人，从这首诗里，也可以看到韩愈后来冒着生命危险，在《谏迎佛骨表》中直批宪宗李纯的逆鳞的果敢行动，并不是偶然的。

　　诗分两大段，上六句是一段，下六句又是一段。

　　"秋气日恻恻"，秋天气候逐日浓重，人们已经感到萧萧的凉气。"秋空日凌凌"，仰望天空也使人觉得寒冷。这两句是从身边的感受和眼中的景象写出秋天来临。从前刘辰翁说，恻恻和凌凌，也是诗人给自己的评价。这恐怕是猜测得太远了。

　　"上无枝上蜩……"四句，从身边的事情生发开来。"蜩"是一种大蝉。秋天一来，聒耳的蝉声听不到了；整天在菜盘饭钵里打转的苍蝇，也消失得无影无踪。于是诗人说：难道我不感觉到时节在变换吗？只是我并不伤感。相反的，还觉得耳目一清，那些讨厌的家伙统统都给秋天撵个一干二净了。在这里，除了写眼前事物外，似乎还有一层用意，就是用蝉和蝇来比喻那些政治上的小人物和小坏蛋。这些人看来无足轻重，但一样对人有害，把它们驱逐开去，才能够耳清目净。

上面这六句，只是就题目轻轻荡开，所以仅就身边的事情来铺展。下面六句，就再进深一层。

"清晓卷书坐，南山见高棱。"南山即长安以南的终南山。此时，诗人的注意力已从身边琐事脱出，转向那更远大的地方。清晓时分，秋空格外清爽，窗外的终南山，高高矗立。诗人放下书卷，默默地望着它，我们读到这里，不禁想起李白的"相看两不厌，只有敬亭山"的境界。韩愈在这个时候，同样也进入这样的境界：由终南山的嶙峋傲岸，挺立不拔，想到了自己，又将自己的精神性格，赋予了终南山。这样，诗人的思想活动就跨上了另一个高度。我们从"上无枝上蜩"开始，读到这里的"南山见高棱"，诗人的思想脉络由近而远，由低而高，是十分清楚的。

"其下澄湫水，有蛟寒可罾。"这个蛟不会是传说中的蛟龙，也许只是少见的鱼类或两栖动物（韩愈《南山》诗有"凝湛阂阴兽"句，阴兽指的正是这一类动物）。这句仍是比喻的说法。这些害人的家伙——蛟，不是别的什么，而是在朝中弄权的奸臣和在地方跋扈的军阀。对于这些"害兽"，诗人是坚决主张加以铲除的，并且认为是可以铲除的。（在宪宗一代，的确杀了几个军阀，迫使一些军阀归顺中央，曾被过去的历史学者称为"元和之治"。）

最后，诗人忽然发觉自己的处境和抱负完全是两回事。韩愈是以儒家传统的继承者自命的封建阶级知识分子，他的思想只能局限在"忠君爱国"的圈子内，他那清除朝中奸臣和地方军阀的抱负，也只能归结到巩固中央政权方面。在当时来说，仍然有着进步意义。然而一个国子博士的冷官，对政局能够起什么作用呢？所以他最终只好发出"惜哉不得往，岂谓吾无能"的喟叹了。但即使如此，诗人不肯消极、不甘示弱的进取精神，依旧明显看得出来。这正是和一般平庸诗人的"秋怀"不同的地方。

听颖师弹琴

昵昵[1]儿女语，恩怨相尔汝[2]。

划然变轩昂，勇士赴敌场。

浮云柳絮无根蒂，天地阔远随飞扬。

喧啾百鸟群，忽见孤凤凰。

跻攀分寸不可上，失势一落千丈强。

嗟余有两耳，未省听丝篁[3]。

自闻颖师弹，起坐在一旁。

推手遽止之，湿衣泪滂滂。

颖乎尔诚能[4]，无以冰炭置我肠！

[1]昵昵——形容声音细碎纤腻。

[2]这句是说，青年男女为了小恩小怨而互相埋怨吵嘴。

[3]丝篁——指琴瑟之类的乐器。

[4]诚能——实在有本领。

读过《老残游记》的人，都会觉得第二回描写王小玉唱梨花大鼓的那一段实在写得好。他用"一线钢丝抛入天际"形容歌声的高亢清亮，用一重一重地攀登泰山形容歌声的层层翻起，又用飞蛇在黄山环绕来形容它的回旋悠荡，更用"像放那东洋烟火，一个弹子上天，随化作千百道五色火光，纵横散乱……"来形容歌声的缤纷错落，这种形象性的摹写，很耐人寻味。

对音乐的形象化的摹写，在我国文学史上已经来源久远。不但在辞赋、散文上运用这种手法，在诗歌中也运用这种手法。以唐代来说，诗人就在这方面争奇斗胜，各有胜长。像李颀，用"空山百鸟散还合，万里浮云阴且晴。嘶酸雏雁失群夜，断绝胡儿恋母声。……"来追摹董大的胡笳声。李贺用"昆山玉碎凤凰叫，芙蓉泣露香兰笑。……梦入神山教神妪，老鱼跳波瘦蛟舞……"来形容箜篌（竖琴）的弹奏。又如李商隐用"重衾幽梦他年断，别树羁雌昨夜惊"来描写笙的动人音韵，这些都是著名的例子。

韩愈这首诗尤其是刻意地使用形象，它一开头就把读者引入乐曲所布置下的特有境界，先让人们尽量去呼吸它那美妙的芳香，然后才点出这是琴曲，并且以自己的感受高度地加以揄扬。这样，似乎更能增强感染读者的效果。

这首诗一向就著名，它使得大诗人苏轼也在它跟前认了一次输。苏东坡有一阕《水调歌头》，开头就是"昵昵儿女语，灯火夜微明。恩怨尔汝来去，弹指泪和声"。正是把韩愈这首诗照搬过来的，不过他却说这不是听琴的感受而是听琵琶的感受罢了。

由"昵昵儿女语"到"失势一落千丈强",是此诗的第一大段,通过各种形象来摹写琴声的起落变化。

琴声开头的时候显得轻柔细碎,就像年轻的孩子们轻声地笑着,低声地谈着,忽而又小声地吵起嘴来。可是,正当人们要去仔细寻味它,它却突然变了音调:"划然变轩昂,勇士赴敌场。"一下子把人带进一个完全不同的境界去了。

再下去,琴声又变得悠扬起来,仿佛散开在大空里,有点像浮云,也像柳絮,漫无边际地浮荡着,浮荡着,要把人带到辽远辽远的地方。……

正在悠悠忽忽的时候,耳边厢又响起了一群鸟叫;而且在缤纷的鸟声中,还分明使人感觉到一只凤凰在引吭长鸣,音色清亮,压倒众响。……

如今,琴声越来越高了。它一层又一层地向上翻,在翻到接近顶峰的时候,简直就像同高度作一分一寸的争夺。人们简直不是在听,而是注视着攀登世界最高峰的健儿,看他们争持在离开目的地仅仅几米的地方,紧张得连气也透不过来。不料,就在这最高之处还没有停留得紧,却见它陡然往下一落,恍如有谁滑了一脚,从半空中坠下千丈深渊。越落越低,越低越细,那声音就顿然终止了。

这一段摹写,阴开阳合,腾挪变化,把乐曲的感人力量,充分形象地展示出来。然后,以下一段,转到说自己感受之深和对颖师的赞叹。

这一段是说，虽然自己向来不懂音乐，可是听了颖师的演奏，却感动得坐也不是，站也不是，终于流泪满襟，只好猛地伸出手去拦住他，请他不要再弹奏了。结末两句说：颖师你真是有本领的人，可是我受不了，因为你就像一会儿拿冰、一会儿拿炭放进我的肠子里那样。（这也是形象化的写法，意思说，自己一会儿满胸火热，一会儿又像掉进冰窖里。）

这一段既说明自己所受感动之深，也为了衬出颖师技巧的高明；并且使开头那一大段描写，有了使人信服的根据。

把乐声化成各种各样事物的形象，这当中当然带上浓厚的个人的主观感受，这种感受并不能人人完全相同。所以自从欧阳修、苏轼提出意见，认为这首诗的形象，更近于琵琶的乐声而不像琴声以来，就引起了许多争论。笔者不懂音乐，无从妄议，但却有一些感想：这种形象化的描写，终究只是一种比喻，既是比喻，自然不是被喻者的本身，不可能完全相似。对它作过分的苛求，实在没有必要。这是就评论者方面来说的。至于创作者，却须力求正确地理解乐曲的内容，不应以此作为借口，东牵西扯，反而破坏了原来乐曲的美感。这又是不能不要注意的。

山石

山石荦确[1]行径微，黄昏到寺蝙蝠飞。

升堂坐阶新雨足，芭蕉叶大栀子[2]肥。

僧言古壁佛画好，以火来照所见稀。

铺床拂席置羹饭，疏粝亦足饱我饥[3]。

夜深静卧百虫绝，清月出岭光入扉。

天明独去无道路，出入高下穷烟霏[4]。

山红涧碧纷烂漫，时见松枥皆十围[5]。

当流赤足蹋涧石[6]，水声激激风吹衣。

[1]荦（luò）确——形容石头凹凸不平。

[2]栀子——茜草科常绿灌木，夏天开白花，六瓣，极香。果实可制黄色染料。

[3]疏粝（lì）——粗粮、糙米。

[4]烟霏——山中的云雾气。

[5]枥（lì）——同栎。落叶乔木，高可达25米。树皮粗厚，叶可饲野蚕。有麻栎、白栎等数种。

[6]蹋——同踏。

人生如此自可乐，岂必局束为人鞿^[7]。

嗟哉吾党二三子^[8]，安得至老不更归！

---

[7] 鞿（jī）——马络头。

[8]《论语·公冶长》："吾党之小子狂简。"又《述而》："二三子以我为隐乎？"作者合用，指志同道合的朋友。

　　韩愈这首诗，题目叫《山石》，内容却不是咏山石。他不过拿诗的开头两个字做题目，差不多等于无题。所以这首诗是在什么地方、哪一年写的，人们的意见很不一致。有人说是在洛阳写的，也有人说是在广东写的，又有人说是在徐州写的。没有定论。不过，我们欣赏这首诗，倒不一定非把这些都考证清楚不可，置之不论竟也无妨。

　　从诗的内容看，韩愈是在旅途中经过一座山，时已傍晚，就在一间佛寺里投宿。第二天他又要上路了。行色匆匆，事后才写这首诗。但当时的印象是深的，所以写得层次井然，笔墨生动，有如图画。

　　一开头，他就已置身在一条狭窄的山路上。这是在岩石上凿出来的小路，石头高低不平，很不好走，有时仅仅看到一些路的痕迹罢了。到傍晚时分，才来到一间佛寺。太阳下山不久，蝙蝠已经出来了，就在头顶四面乱飞。

　　他拾级走上佛堂，坐在阶前，拿眼睛四面一瞧：几棵芭蕉展开阔大的叶子，洁白的栀子花衬上深绿叶子，开得十分饱满。原来新下过一场透雨，怪不得花呀叶呀都长得胖胖的了。

　　一位和尚出来欢迎客人，谈不了几句就夸起佛寺的壁画来了，说是古代什么名家手笔。还拿着灯火硬拉他去参观。只好也跟着参观了一下。可是光线太暗，实在看不见多少东西，于是扭头就退出来了。其实他对这个本来就没有兴趣——他原是反对佛教的。

　　走了一天路，肚子委实饿了，人也很累。就看见小和尚忙着端上饭菜，还给他打扫床铺，准备让他歇息。他坐到桌子边，看见粗糙的米饭，还有素菜，他拿起碗筷，居然吃得饱饱的。

转眼便是夜深时分。躺在床上，四面非常幽静，连虫声鸟叫都听不见，只有一轮明月，从岭上升起，把它的清光洒进屋子里。

他也不知道自己是什么时候睡着的。忽地一睁眼，天色已经大亮。想到今天还得赶路，慌忙起来，洗漱过后，马上辞行。和尚也没有给他带路。他自个儿（说不定有个别仆童跟着，但那时是不作数的，所以还是说"独去"）再沿着山边走，有时连路也找不着。只是出一崖，入一涧，高高下下，在晨雾和云气之间穿来穿去。

然而这里的景色还是美的。时而山上开着整片鲜红的花，时而涧底隐着一弯碧绿的水，奇花野草，东一丛，西一簇，长得简直灿烂极了。就在这些花花草草之间，连天耸起许多高松巨栎，每一棵都是几个人合抱不过来的。

终于来到一道石涧面前。水不深，流得却很急，就在大石的光面上，像一幅银纱从上头直铺着下来。不脱下鞋子可没法过去。琢磨了一下，还是打赤脚走过去吧。嗬，真凉快！那水就在脚下飞起来发出哗哗的叫声。风在这儿也特别吹得起劲，仿佛就在自己的衣裳底下刮出来……

这种山里的生活也是够快乐的——他忽然感慨起来了。想起平日奔波劳累，就像一匹马笼上了络头，在不尽的风尘中奔走。如果有几位志同道合的朋友，一起在山里生活，不是可以到老都不用回乡了吗！

他不是对身旁的朋友说的，因为身旁并没有朋友。他是对自己说的。

现在可以看清楚了，韩愈是在一次赶路的中途，匆匆在佛寺宿了一晚，过后才写下这首诗。它不是闲适的游山玩水，也不是同朋友在一起。最后那几句感慨的话，正是在"王命在身"的情况下发出来的。

诗里给我们展示了一幅幅的图画。画中摄取了生动的景物，有远景、中景、近景，还有特写镜头，互相穿插。安排布置很有分寸。运用诗的语言，又不像他在别的诗里那么僵硬难读，因而它是受到读者喜爱的。

这首诗使用的全是"赋体"，是照事直书，人们不可能也不必要从他描写的景物中捉摸出什么别的用意来。

柳宗元

773－819年，字子厚，河东（今山西运城西）人，世称柳河东。与韩愈倡导古文运动，同列『唐宋八大家』。其诗风格清峭，独具特色，与韦应物并称『韦柳』。他的叙事诗文笔质朴，描写生动，寓言诗形象鲜明，寓意深刻，抒情诗更善于用清新峻爽的文笔，委婉深曲地抒写自己的心情。有《河东先生集》。

酬曹侍御过象县见寄

破额山前碧玉流，骚人遥驻木兰舟。

春风无限潇湘意，欲采苹花不自由。

旧体诗很讲究"制题",也就是下功夫安好一个题目。因为这是要给人读懂你这首诗的一条线索。固然也有人写"无题诗",或随便安上两个字,等于无题①,那往往是出于一种特殊情况:他本来就想隐去本事,不让人家拿来做把柄。

读诗也要事先好好琢磨一下诗题。

难道读诗会不先读诗题的么?有人会这样奚落。其实,话不是那么简单。有些诗,你要是把题目一览而过,保证你弄不懂诗里说的是什么。

柳宗元这首诗就是一个明证。

看题目,"酬"是写诗回答人家;"见寄"是这位曹侍御寄了一首诗来(侍御是唐代侍御史的简称);"象县"即今广西壮族自治区的象州,曹侍御路过象县,是暂时停留,故称为"过"。这样,我们才存了一个线索,柳宗元写这首诗,是酬答他的朋友曹侍御的。因为曹侍御路经象县,寄给他一首诗。如果我们已经知道柳宗元做官的经历,那么很容易就想到,柳宗元由永州司马到任柳州刺史前后历十四年,曹侍御过象县寄诗,一定是在柳宗元任柳州刺史期内。

以上是我们看了诗题以后所能知道的基本情况。这很重要。因为作者写诗的动机、写诗的大体年代和环境背景,都是从这里获得的,丢掉这些,诗就根本读不懂了。

如今我们再来读诗。

"破额山前碧玉流"——我们只知道湖北黄梅县西北有个四祖山,又叫破额山。可是这和诗中的破额山不相干。因为从诗题我们知道，曹侍御是路过象县，他寄诗给柳宗元也在象县。和湖北黄梅县渺不相涉。所以这里的破额山，该是象县附近一座山。尽管如今地理书上找不到，也不妨这样肯定下来。"碧玉流"好懂。碧玉不过是绿水的代词。这一句是说：破额山前，江水宛如碧玉，风景幽美。但也已暗暗点出曹侍御所经过的象县了。

"骚人遥驻木兰舟"——这句是应着题中的"曹侍御"。"骚人"原是因屈原写了《离骚》，后人借此泛指在政治上失意的文人。"迁客骚人"在古文中常常连用，正是为此。似也可以作为诗人文士的代称。本句的取义是属于后者。"驻"是暂时住下来。"遥"是从柳宗元这方面来讲，不是说曹侍御对木兰舟怎么遥远。"木兰舟"，用木兰树造成的船。这是修辞上的夸饰，用意只在同"骚人"身份相配，不一定实物如此。这一句说明曹侍御南来，泊舟象县；意中又推崇他是一位高雅的诗人。

"春风无限潇湘意"——这句正面点出"见寄"。"春风"喻指曹侍御寄给自己的诗。"潇湘意"指诗的内容、感情。但是整句又不可以生硬割裂开来。整句的意思该是这样：读了曹侍御寄来的诗，使人恍如置身于潇湘两岸，春风淡荡，芳草新鲜，一种高尚优美的境界，令人挹取不尽。

为什么说"春风"指的是曹侍御的寄诗？因为题中明有"见寄"字样，"春风"便不好作别的解释。诗人并不是在游山玩水中的感受，而是在读了曹侍御寄来的诗以后的感受。很可能，曹侍御是刚从湖南的潇湘地区来的，他的诗里描写了春风中的潇湘美景（但也许柳宗元是拿屈原的诗比喻曹侍御的诗）。不过，对于我们理解这首诗关系不大，可以不必深论。

"欲采苹花不自由"——白苹是一种水草。这句点出题中的"酬"字。意思是说，您寄来这样美好的诗篇，照理应该用同样美好的来酬答。可惜我职务拘身，想采摘香草送您也办不到，实在十分抱歉。假如再挖深一层，也许还有这个意思：远谪南州，心情不好，所以也写不出好诗来。

拿"苹花"象征诗篇，根据何在呢？

且不说屈原的"采芳洲兮杜若"。《古诗十九首》中就有这样几句："涉江采芙蓉，兰泽多芳草。采之欲遗谁？所思在远道。""芙蓉"（荷花）可以作为酬答的事物的代词。然而还不是"白苹"。六朝柳恽的《江南曲》："汀洲采白苹，日暮江南春。洞庭有归客，潇湘逢故人。"说已经使用"白苹"了。到了唐初，骆宾王有一首《在江南赠宋五之问》诗："秋江无绿芷，寒汀有白苹。采之将何遗？故人漳水滨。"就更明显了。所以把"苹花"释为酬答的诗篇，是有根据的。柳宗元也正是这样使用。

这四句诗，是仔细琢磨了它的题目以后才如此做出解释的。当然，有些古人的诗便是再三研究它的题目，也仍然不好懂。这除了开头说的类似"无题诗"的情况之外，还有别的原因。这就不是拿几句话说得清楚的了。

---

①例如韩愈的《山石》，李商隐的《锦瑟》，不过是随手把诗中开头两个字作为诗题。这一类情况并不太少。

饮酒

今旦少愉乐，起坐开清樽。

举觞酹先酒[1]，为我驱忧烦。

须臾心自殊，顿觉天地喧。

连山变幽晦，绿水函晏温[2]！

蔼蔼南郭门，树木一何繁！

清阴可自庇，竟夕闻佳言。

尽醉无复辞，偃卧有芳荪。

彼哉晋楚富[3]，此道未必存。

[1]先酒——本注："始为酒者也。"就是首先发明酿酒的人。
[2]晏温——指太阳出来一片暖意。《史记·孝武纪》："至中山，晏温，有黄云盖焉。"
[3]晋楚富——《孟子·公孙丑》："晋楚之富，不可及也。"指财雄一方的富豪。

人人几乎都知道柳宗元是写散文的能手,其中描写山水景物的小品,例如《永州八记》①,尤其著名。你看他写石头的奇形怪状:

其嵚然相累而下者,若牛马之饮于溪;其冲然角列而上者,若熊罴之登于山。

你看他写游鱼的飘忽无定:

潭中鱼可百许头,皆若空游无所依。日光下澈,影布石上,怡然不动,俶尔远逝(或安然地完全不动,或突然远远窜去)。往来翕忽,似与游者相乐。

再看他写风中的花草树木:

每风自四山而下,振动大木,掩冉众草,纷红骇绿,蓊葧香气。

真是形象生动,色味俱全。

柳宗元的小诗也很有特色。人人熟知的《江雪》《渔翁》和《雨晴至江渡》《雨后晓行独至愚溪北池》之类,描写景色都有他独特的风格。

但我觉得他这首较少为人提及的《饮酒》诗,同样值得向读者介绍。

这首诗是他谪去做永州司马的期间写的。柳宗元在永州一住十年②,留下了许多给后人凭吊的遗迹,这且不说。他在谪居生活中,心情时好时坏,也是常情。而这首《饮酒》却不像他的"城上高楼接大荒……"或"零落残魂倍黯然……"那么衰飒,而且描写手法也自有独到的情趣,和一般只见其闲适的饮酒诗大有不同。它能写出本人在某种情况中的特有醉态，而且把从清醒到微醒再到大醉的过程，细致描出，不失为"自画像"中的一幅佳作。

诗是从一个早晨写起的。

柳宗元到永州后，就找到龙兴寺一个西厢。这座佛寺地势较高，西面有湘江绕岸而过；隔江便是一列群山，万木森森，风景绝好。他给西厢写了一篇《永州龙兴寺西轩记》定居下来了。但这首诗是否即在西轩写的，如今无从考究，姑且按下。

这天他早晨起来，忽觉得无事可做，独自一人，心情寂寞。不免拿出一瓶酒，洗净杯子，再把酒斟得满满的，然后举起杯来……

眼前没有一个朋友，这一举杯，向谁打招呼呢？

脑子一转，忽然想起第一个造酒的人——他称他为"先酒"，也许便是那个传说的杜康吧。"喂！杜老先生，我先祝您一杯。多亏了您，才给我赶走许多苦恼哩！"

于是朝地上浇了些儿酒，他就自个儿喝起来了。

酒这东西也真怪。他喝着还不够那么一丁点儿工夫，就觉得整个世界都不同了。到底是心情起变化呢还是什么，只觉得四面八方顿时热闹了起来。眼前所有的东西全都改了个样儿。

抬眼往远处一看，连绵不断的群山，刚才还是那么昏沉黝黑，如今却是一派明朗鲜翠了。

那绕山而过的滔滔江水，正反射出万道金蛇似的阳光，一片暖和从水面蒸腾起来，全不是刚才萧瑟凄冷的样子。

扭头再向南面,那是永州的城南门。这一带长着许许多多又高又大的松、柏、梗、楠,名堂真多。它们把枝条叶子尽量向四边伸展,好一派蓬蓬勃勃的生机呵!

"清阴可自庇,竟夕闻佳言"——他忽然想起古书上的话来了:

葛藟犹能庇其本根,故君子以为比③。

这话多有意思。这些无知草木都懂得把自己保护得好好的,所以从前的君子拿它来比喻人事。是个好比喻呵,为什么有些人连保护自己也不懂得呢!

他又想起这些树木,整夜吵吵嚷嚷好像向他诉说些什么。如今才省悟过来,原来它们要说的正是这些有启发性的。

看起来,这位诗人已经醉了,可又没有醉得昏沉。他想到这些年来的谪宦生涯,觉得自己真不行,还不如眼下那些会照管自己的草木。

哎!想这些干什么——他又拿起酒壶,给自己斟满了一杯。应该喝个痛快,尽量痛快。走不动了,就在脚下这草地上一躺,那还不够舒服吗!

"彼哉晋楚富,此道未必存"——他又自言自语起来:你们这些钱多得用不完的家伙,算得了什么东西!你们也喝酒,可你们能知道喝酒的真正趣味吗?才不见得哩!

他毕竟真是醉了。……

你看,这不是把酒写出来,把醉态写出来,把人的性格也写出来了吗！这真是有个性的饮酒诗，不是一般的饮酒诗。我们分明看见了在此情此景中一个活跃可爱的柳宗元，不是模糊的影子，更不是一个笼统的概念。

①《永州八记》：见《柳河东集》卷二九，即由《始得西山宴游记》至《小石城山记》八篇。

②柳宗元由公元805年谪为永州司马，至815年春离开。永州即今湖南永州市零陵区。

③语见《左传·文公七年》。蔂（lěi）：一种藤本植物。

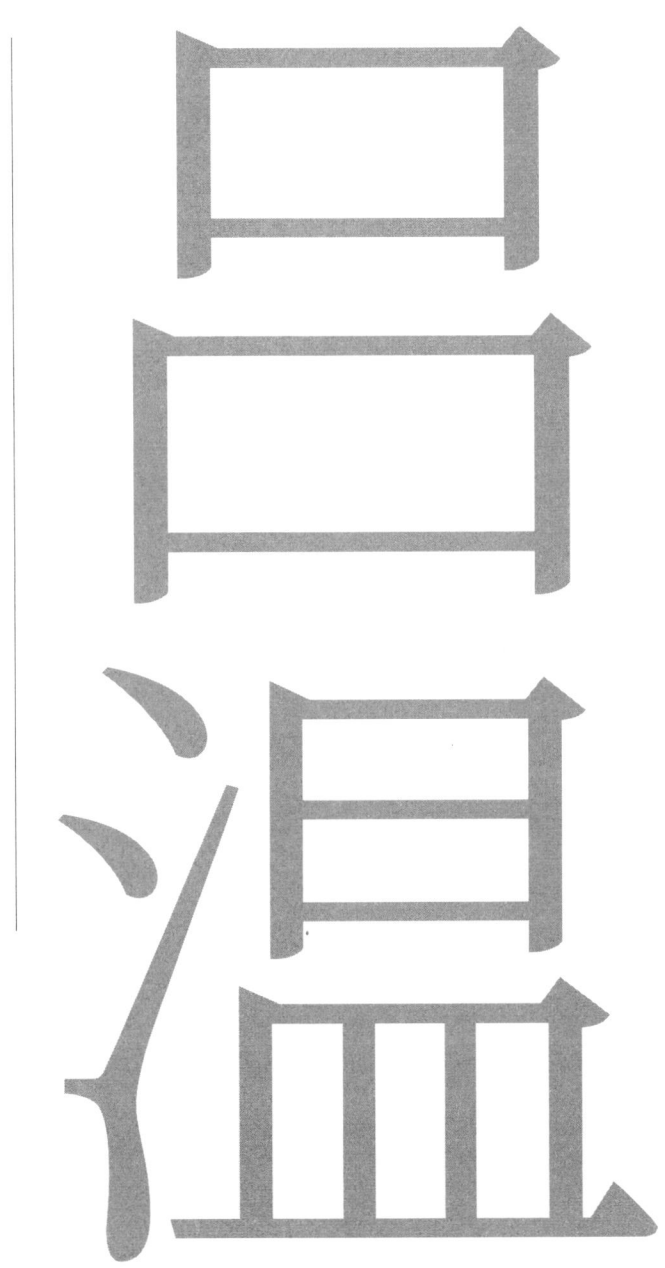

吕温

772—811年，字和叔，一字化光，河东（今山西永济）人。贞元进士第，累官左拾遗。善诗文，文体瞻逸，多言当世之务。他的诗词意浅直，平白自然，多悯民怜友之作，纪游记事，抒发情感。有《吕和叔文集》十卷传世。

刘郎浦[1]

吴蜀成婚此水浔[2]，明珠步障幄[3]黄金。

谁将一女轻天下？欲换刘郎鼎峙[4]心！

[1]刘郎浦——又称刘郎洑。其地在今湖北石首市。《通鉴》卷二七六：后唐天成三年"至刘郎袱"注："江陵府石首县沙步有刘郎浦，蜀先主纳吴女处也。"

[2]水浔——水边。

[3]步障——古代贵族女子外出时用的障蔽物。幄——室内的帐子。

[4]鼎峙——像鼎的三足互相对峙。这里指魏、蜀、吴三国。

这首诗是作者经过刘郎浦时，听说此地是三国时刘备到东吴迎亲的地方，有所感触而写的。它是属于咏史诗这一类。

咏史诗有二难：一是难于有卓越的对历史事件的见解；二是难于不是史论而是诗。前者关键在于作者所站的思想高度；后者关键在于能否很好地掌握艺术技巧。

初唐有个于季子，写了一首题为《咏汉高祖》的五绝，给清初王夫之在《夕堂永日绪论》中骂得狗血淋头。诗是这样的：

百战方夷项，三章且易秦。

功归萧相国，气尽戚夫人。

王夫之说："恰似一汉高帝谜子。掷开成四片，全不相关通。如此作诗，所谓'佛出世也救不得'也。"

指出它只能算是一则谜语，真是击中要害。因为消灭项羽，入秦约法三章，认为萧何守关中有功，以及无法立戚夫人的儿子为太子，是互不相干的四件事。硬凑在一起，有什么意思呢？

晚唐的胡曾也写了不少咏史诗。其中一首题为《南阳》：

世乱英雄百战余，孔明方此乐耕锄。

蜀王不自垂三顾，争（怎）得先生出草庐？

不仅议论平浅，而且也不能算是诗，只能叫作毫无高见的论史韵文罢了。

咏史诗难在是议论而又不用议论。这在名家也不一定能掌握得恰好。怎叫"是议论"？因为没有作者的见解，仅仅将史实重复一番，就不成其为咏史。怎叫"不用议论"？因为纯是议论就变成一篇史论文字，不成其为诗了。"咏史诗"，三字，本身就包含着"史"与"诗"的矛盾，如何使两者圆满地统一起来，这要讲究高明的技巧。

我们试一解剖吕温这首诗，就会看出它与那些平庸之作有多么的不同。

吴蜀成婚此水浔，明珠步障幄黄金。

初看时，上句是叙事，下句是想象中的物象。似乎没有什么议论在内。我们翻开《三国志》的记载，当时孙权对于刘备，一方面是害怕——所以《先主传》说："（孙）权稍畏之，进妹固好。"但另一方面又想收买或麻痹他——所以周瑜曾经建议："愚谓大计，宜徙（刘）备置吴，盛为筑宫室，多其美女玩好，以娱其耳目。"这场政治婚姻，在孙权是包含两层用意的。

可是作者在写诗的时候，并没有把上面这两段话简单概括一下完事，而是运用令人可以触摸的艺术形象，把这场婚姻的政治用意隐喻其中。请看"明珠步障幄黄金"这句，既写出孙刘结亲时那种豪华场面：孙夫人使用的步障，是缀满了明珠的；新婚夫妇居住的地方，连帷幄也用黄金来装饰。然而我们深入加以寻味，会发觉诗人这种描写，不仅仅是为了铺叙结婚场面的豪华，还含有这种豪华所隐藏的政治用意。正因为孙权是有"进妹固好"的政治作用，想对刘备给以"娱其耳目"的享乐来消磨他的豪情壮志，所以才会在刘郎浦上出现了"明珠步障幄黄金"的盛况。我们说诗人是运用形象的描述来发表议论，不是没有根据的。不难看出，诗人把"史"和"诗"很好地统一起来了。

再看下面："谁将一女轻天下？欲换刘郎鼎峙心！"分明是对孙权的嘲笑。看来已显出议论的面目了。伹是细看之下，它又和一般论史不同。一般论史可以是这样平直地写："刘备以天下事为重，不因一女子面易其志。"说得准确，没有味道。这里却以唱叹出之。正如李商隐的《贾生》："可怜夜半虚前席，不问苍生问鬼神！"风神摇曳，韵味深浓，是诗化了的议论。再次，作者的意中，原在于指出这场政治婚姻必然落得个悲剧收场。后来孙夫人大归，吴蜀展开一场决战，就是明证。可是作者并未直截点破，只是婉转地说：你想用一个女子去换刘备三分天下的决心吗？这是从侧面来取影，让人们自己去寻思和领悟它的正面意思，这样，它同史论就有灵活与板滞的区别了。

总之，咏史诗最忌写成押韵的史论。至于论史而又缺乏史识，观点含糊，议论迂腐，那更是非徒无益，而又害之了。

李贺

790—816年，字长吉，福昌（今河南宜阳西）人。其诗长于乐府，多表现政治的悲愤，世事沧桑，生死荣枯，感触颇多。善于熔铸词采，驰骋想象，运用神话传说，创造出新奇瑰丽的诗境，在诗史上独树一帜。有《昌谷集》。

马诗二十三首（录四）

一

腊月草根甜，天街雪似盐[1]。

未知口硬软，先拟蒺藜衔。

二

大漠沙如雪，燕山[2]月似钩。

何当金络脑[3]，快走踏清秋？

[1]天街——通常是指京都的街道。

[2]燕山——这里指燕然山，今名杭爱山，在蒙古人民共和国境内。

[3]何当——何时。金络脑——用黄金装饰的马笼头。

三

催榜渡乌江[4]，神骓泣向风。

君王今解剑，何处逐英雄？

四

武帝爱神仙，烧金得紫烟。

厩[5]中皆肉马，不解上青天。

　　李贺通常给人以通眉长爪、弱不禁风的书生形象，活了不过二十多岁，然而从创作上来说，他却是唐代诗坛中的卓越人物。他那嫉恨丑恶的性格，要求用世的热情，憧憬光明的理想，洋溢于字里行间。不管人说是鬼才也罢，奇才也罢，他自是一个有政治见解，有功业抱负的人。

　　李贺写了《马诗二十三首》，清人方扶南认为"皆自喻也"；姚文燮则只说"首首寓意"，并非都是比喻自己。见解虽然不同，认为寓意，则是一致的。

　　我以为这二十多首马诗，有自喻的，也有讽刺时事的，也有替他人慨叹的，不能一概而论。但作者通过马的不同遭遇，对马的不同描写，集中地反映了他对中唐封建社会许多现状的不平和愤懑，则是无可置疑的。

　　这里只选四首来谈。

　　"腊月草根甜"这一首，清人王琦对它颇有误解，认为是"盖为困饿而不能择食者悲欤？"是一种乞怜的口气，我的看法却不同。这首诗应是借马来反映诗人敢于向丑恶现象进行斗争的倔强性格。

　　寒冬腊月，长安的天街下，过大雪，草苗枯槁，连草根也给大雪深深掩埋了。马要找吃，也知道草根是甜的，但是藏在雪下的既有可口的草根，也有带刺的蒺藜。也就是说，它碰上的既可能是美好的东西，也可能是丑恶的东西。在这两种可能性面前，它怎么想呢？诗人借马的口吻说：我不知道自己的嘴有多硬，可是我有思想准备，准备着第一口咬到的恰是带刺的蒺藜。我倒想看看是我的牙齿硬，还是蒺藜的尖刺厉害。

第三句"未知口硬软"是理解全诗的关键。这里面透出一副敢于斗争的精神。它当然要找吃，但不是饥不择食，而是准备掂量一下自己的本领，即向丑恶的事物进行斗争的本领。这种顽强精神是同李贺在创作诗歌时"语不惊人死不休"的顽强精神基本一致的。

第二首"大漠沙如雪"，是一匹具有雄心壮志要在沙场上建功立业的骏马。它需要的环境不是柳荫花下，不是殿陛宫阶。它要以黄沙万里漠漠如雪的不毛之地，要以汉将军窦宪刻石纪功的燕然山，作为它活动的背景。它要在如钩的月色底下振鬃长鸣，在风沙扑面的秋空中迎风疾走，然而，眼下仅仅是一种愿望。这种愿望何时才能实现？何时才能戴着黄金的络头在沙场上驰骋呢？

这一首自然也是以马喻人，这匹骏马藏着作者自己的形象。为什么诗人会产生这种想法呢？它是有时代背景的。

中唐时代，唐王朝的声威比起盛唐是大大不如了。在西面，吐蕃的势力一直伸展到今四川、甘肃一带，北面又有回纥、奚、契丹的兴起。而盘踞地方的藩镇，又只知发展私人势力，争权夺利，各霸一方。在这种局面下，李贺虽然明知自己是个文弱书生，也禁不住要以驰骋沙场的骏马自居，想替国家立功了。

"催榜渡乌江"一首，写的是起义灭秦的英雄项羽的坐骑——一匹乌骓马。这匹马，项羽对它的评价是："吾骑此马五岁，所当无敌，尝一日行千里。"垓下一役，项羽失败了。连夜突围来到乌江岸边。乌江的亭长给项羽准备了一条船，对他说："江东虽小，地方千里，众数十万人，亦足王也。愿大王急渡！"可是项羽拒绝了。他感谢亭长这番好意，指着乌骓，把它送给亭长。自己拿短兵作战，身受重伤自刎死了。

这就是历史上著名的乌骓马的下落。

诗人有感于这段史事。他设身处地替这匹"所当无敌"的骏马着想。他认为，项羽自杀以后，亭长就把马拉到船上，向乌江对岸划过去了。这时候，乌骓会是怎样呢？它在惨烈的北风中禁不住痛哭起来了。为什么痛哭？因为这匹马知道，自己的主人拔剑自杀以后，要再找一位这样的英雄同他一起驰逐在疆场之上，是没有可能的了。

历史上有过许多才智之士，他们追随领袖人物多年，一旦这位领袖人物逝去，他们都会痛感到是一种无法弥补的损失。这种悲哀，有时甚至还可以出现在朋友之间。

战国时代的哲学家庄子对于惠施的逝世就有这种深沉的哀叹。他打了一个比喻：一位手艺非常高明的匠人，看见他的朋友鼻子尖上沾了一抹石灰，不过蝉翼那么薄薄一片。他就抡起自己的斧头，像旋风一样砍向他朋友的鼻子。鼻子上的石灰全都削掉。而他的朋友呢？镇定地站着，神气就像什么都没有发生。庄子讲了这个故事以后，慨叹说："自从惠子死后，我再也找不到能够同我合作得这样美满的对手，像匠人同他的朋友这样的对手了！"

事情往往是这样：没有锋利的矛也就显不出坚固的盾。

这是骏马的悲哀，才智之士的悲哀，还是诗人李贺的悲哀？让我们读者自己去寻味吧。

自从秦始皇爱好神仙追求长生以来，汉武帝算得是第二位以此著名的皇帝了。他一生上了许多方术之士的大当，却又依然执迷不悟，在历代文学作品中，汉武帝和神仙常是同时出现的孪生词儿。然而，迷信世界上有长生不死之药的皇帝，远远不止秦皇和汉武。唐代就是让仙丹弄得乌烟瘴气的社会。好几个皇帝都是吃了大量仙丹而得病不救的，怪不得招来了李贺的冷嘲。

"武帝爱神仙"这首诗，构思实在新奇。许多人都曾讽刺过求仙的愚蠢，但都没有从马的身上着笔。李贺偏是从马想到人。他颇带点幽默地说：汉武帝拼命追求神仙，把黄金都烧成紫色的烟了，仙丹还是毫无踪影。其实么，就算炼成功了仙丹，吃下去又可以升天，可哪里找来会上天的马让他骑坐升天去呢？难道这位皇帝打算一步步走到天上去吗？他又拼命从西域找来许多千里马，在马房里养得胖胖的。但越是长膘的马，越不好上天，他为什么没有考虑到这个难题呢？李贺本来就写过"几回天上葬神仙"的警句，在这里，他又转成冷嘲了。

我们仅仅从这些马诗就可以看出，单纯用"鬼才"二字来概括李贺，是多么的不公平。

清人宋琬《昌谷集注序》有几句话写得好："贺，王孙也。所忧，宗国也，和亲之非也，求仙之妄也，藩镇之专权也，阉宦之典兵也，朋党之衅成而戎寇之祸结也。"只活了二十七岁的李贺,一身锦绣,满腔抱负,然而又是带着沉重的忧世之情死去的。所谓"天上白玉楼"的传说①,好像是要歌颂他的文采,其实只能起着歪曲诗人形象的不良作用。

①李商隐《李长吉小传》记载了这样的传说:李贺将死之前,看见一个穿绯衣的人到来,说上帝建成一座白玉楼,要召他上天去写一篇《白玉楼记》。于是李贺就咽气了。

梦天

老兔寒蟾泣天色[1]，云楼半开壁斜白。

玉轮轧露湿团光，鸾珮相逢桂香陌[2]。

黄尘清水三山下，更变千年如走马。

遥望齐州九点烟，一泓海水杯中泻。

[1]古代传说，月里有玉兔和蟾蜍。见《五经通义》。这是古人看到月亮上的阴影所产生的幻想。

[2]桂香陌——桂花散满香气的路。古人传说月中有桂树，高五百丈，有个人叫吴刚的，常用斧头砍它。但拔出斧头，树创又合上了。见《酉阳杂俎》。

《梦天》也许是诗人有过这样的梦境,也许纯然是浪漫主义的构想。一开头,诗人向我们展示的是这样一个梦境:幽冷的月夜,冻雨飘洒,云开半壁,诗人翩然在太空遨游,进入月宫,遇见了徘徊在桂树下的仙女。

下面试逐句加以解释:

"老兔寒蟾泣灭色"——有人解释说:"月明如水的天色,仿佛是被兔蟾泣成那样。"个人的看法却有点不同,贯串着下文来看,这句话的意思应该是这样:本来月色很明亮,突然阴云四合,洒下来一阵冷雨。天色的变幻,仿佛是月里的蟾和兔突然哭泣起来一样。

"云楼半开壁斜白"——云楼也不是指月宫里的楼台,而是说,雨洒了一阵,忽然又停住了,黑云裂开,幻成了一座高耸的楼阁;月亮从云缝里穿出来,光芒射在云块上,显出了一道白色的轮廓,有如屋墙上受到月光斜射一样。

"玉轮轧露湿团光"——下雨以后,水气未散,天空充满了很小的露点子,玉轮似的月亮在它上面辗过,把一轮圆光都打湿了。这三句,都是诗人漫游天空所见的景色。

然后,第四句写到诗人自己进入了月宫。"鸾珮"是雕着鸾凤的玉珮,在这里是仙女的代词。在桂花飘香的路上,诗人和一位仙女碰上了。

以上这一段,是比较晦涩的,但是不能说它"欠理"。诗人敞开了他宽广的想象力,把月夜的冷雨幻想为蟾兔的眼泪,把天空的积云想象成为楼阁；"玉轮轧露""鸾珮相逢"，也都是梦境中应有的景象。所以我们说它是合理的。但是开头那三句却不能说它不晦涩，因此后人的解释便有了分歧。

下面四句，可以分作两段。"黄尘清水三山下，更变千年如走马。"是写诗人和仙女的谈话。这两句可能就是仙女说出来的。"黄尘清水"，换句常见的话就是"沧海桑田"；"三山"，原指蓬莱、方丈、瀛洲三座神山，这里却是指东海上的三座山。它原来有一段典故：葛洪的《神仙传》有一段关于麻姑的神话。麻姑对王方平说："接侍以来，已见东海三为桑田。向到蓬莱，又水浅于往日，会时略半耳，岂将复为陵陆乎？"这就是说，大地上沧海桑田，变化很快。读了这两句，我们会很快联想到"山中方七日，世上已千年"的话头。古代的人往往以为"神仙境界"就是那样，所以诗人以为月宫也当然如此。人们上到月宫，回过头来看人世，就会看出"千年如走马"的迅速变化了。

最后两句，是诗人"回头下望尘寰处"所见的景色。"齐州"指中国，中国古代分为九州，所以诗人感觉到大地上的九州有如九点烟尘。"一泓"等于一汪水，这是形容东海之小，如同一杯水打翻了一样。

以上这四句，诗人尽量驰骋了自己的幻想。仿佛他真的已经飞进了月宫，看到了大地上的时间流逝和景物的渺小。浪漫主义的色彩是很浓厚的。

很早以前，人们对于时间和空间的问题，就持有两种截然不同的态度。他们都认为时间过得非常之快。正因如此，一种人觉得时间不会等人，一定要抓紧时间，不让它平白地从自己的手里溜走。另一种却觉得反正是"千年一瞬"，生命有限，而事物无穷。拿有限的去追逐无穷，不会有什么结果，于是就陷进颓废的一路。这两种态度，在我国先秦时代就有代表人物。

对于空间同样如此。一种认为天地是非常之大的，人却异常渺小，所以人只好顺从"天命"。另一种却不然，认为大小是相对的，在这方面看来它很大，在另方面看来却很小。大不一定就是了不起，小也不一定就无所作为。这两种世界观，在先秦时代也出现过代表人物。

李贺在这首诗里，对时间和空间问题也提出自己的看法。他看出时间是"千年如走马"，也看出"齐州九点烟"，东海不过像一杯水。他到底是属于一派，没有说出来。但从他把立足点升得很高——从月亮里下看世界这一点看来，他是很憎恶那些把个人利益看得很重，拼命争名夺利之徒的。时间把一切都迅速改变，空间又把个人显得如此渺小，为了自己鼻子尖底下的事，闹得个不可开交，不是非常可笑么！看来诗人是藏着这层意思的。

不过他到底没有明白说出来。

金铜仙人辞汉歌（并序）

魏明帝青龙元年八月，诏宫官牵车[1]西取汉孝武捧露盘仙人，欲立置前殿。宫官既拆盘，仙人临载乃潸然[2]泪下。唐诸王孙[3]李长吉遂作《金铜仙人辞汉歌》。

茂陵[4]刘郎秋风客，夜闻马嘶晓无迹。

画栏桂树悬秋香，三十六宫[5]土花碧。

魏官牵车指千里，东关酸风射眸子。

空将汉月出宫门，忆君清泪如铅水。

衰兰送客咸阳道[6]，天若有情天亦老。

携盘独出月荒凉，渭城[7]已远波声小。

[1]牵车——有人认为是"辇车"之误。理由是"辇"同辖，即车轴头，作驾驶解。但牵车未尝不可通，不应拘泥于官员不会亲自牵车，就改动了它。

[2]潸然——流泪的样子。

[3]唐诸王孙——李贺是唐高祖之子元药的后裔，所以自称王孙。

[4]茂陵——汉武帝陵墓，在今陕西兴平市东北。

[5]三十六宫——东汉张衡《西京赋》中提到长安有离宫别馆三十六所。

[6]咸阳道——咸阳在长安西北渭水北岸。但这里只是指长安城外的大路。

[7]渭城——秦代的咸阳，汉代改称渭城。

曹丕的儿子魏明帝曹睿，即位后第十一年，即青龙五年（公元237年，是年三月改元景初。序中青龙元年，误），派官员到长安去，拆卸汉代遗留下来的金铜仙人和承露盘，准备运回京都，在宫殿前面竖立起来。曹睿的意思是要表示壮观还是谋求长生，我们已经弄不清楚，但他曾经"大治洛阳宫，起昭阳、太极殿"①，拆铜人恐怕与此不无关系。

承露盘原是汉武帝刘彻建造的，目的在于承接天上的仙露，让他喝了可以长生不老。所以特别铸了一个铜制的仙人，双手捧着，站得高高的，来迎接上天的恩赐。

仙露不曾延长汉武帝的寿命，承露盘和铜仙却巍然站在风露之中。到魏明帝时，已经过了三百多年，变成一件古董了。

据说，魏国的官员到长安进行拆卸的时候，盘是拆下来了，可是铜人庞大而又笨重，无法运走，官员们就把它丢在霸城，单把铜盘拿走。又据说，拆卸的时候，铜人因悲伤而哭泣了。它是抗议人们把它搬走还是怀恋汉武帝的恩情呢？谁也不知道。

这个故事，成为李贺笔下的题材，让他写出了震惊千古的名句——"天若有情天亦老"。

诗是从汉武帝写起的。

"茂陵刘郎秋风客"，这个刘郎就是汉武帝。有人认为拿"刘郎"称呼一个古代帝王，未免太不客气。其实，唐代诗人没有那么多顾忌。吕温就拿"刘郎"称呼蜀先主刘备，顾况也有"王母欲过刘彻家"的句子②。封建帝王虽然可以规定本朝的避讳，却不能限制以后的人也一律非遵守不可。只有清高宗弘历才那么小心眼儿，特别下了一道谕旨，把史书和前人诗文中的"刘彻"一律改为"汉武"③。

"刘郎"一出场，就不在皇宫，而在他的葬身之地茂陵，已经成为"秋风客"了。"秋风客"是秋风中的过客，也许就是幽灵的意思。他未能成为长生不老的仙人，可是据诗人说，他的鬼魂还是有的。他在夜里还骑着骏马在长安一带闲逛，人们听到他的马在叫嘶。不过太阳一出来他就隐没不见了。

汉武帝的鬼魂能看到些什么呢？他生前建筑的三十六所离宫别馆，都已长满了碧绿的土花（青苔）残破的画栏还倚着桂树，桂花在秋风中仍然散发着香气，但也掩饰不了那一片荒凉。

在上面这四句诗里，刘汉王朝已经灭亡，另有一个曹魏王朝代之而起，这一层意思，在景物中便已暗暗传递出来了。

下面就描写魏国官员拆取承露盘的事实。

"魏官……"两句是说那些官员千里迢迢跑到长安去。他们到了长安的东门，迎面是强劲的西风，西风把他们的眼睛弄得酸溜溜的，好不难受。（"酸风"，解作西风的声音使人听了酸心，也未尝不可。但魏国官员似乎不至于有心酸的感情。）

"空将……"两句就转到铜人身上来说。铜人手里的承露盘眼看保不住了，自己也给人移出宫门。这时候，它看到地上原来的东西都离开它身边，只有天上一轮明月，还恋恋不舍，一直跟它出到宫门。这是它几百年来看惯了的月亮，是汉朝的月亮。汉朝的东西，如今只剩下它和月亮了。

铜人想起把它塑造出来的汉武帝这位君王早已不喝承露盘里的仙露，如今，连铜人也不能保护了。它想到这些，眼泪就像淌水一样流下来。诗中用了"铅水"二字，是因为它是铜人。铜人流下来的自然是金属的眼泪呵。

下面，铜人已经来到长安城外的大路上。沿路到处长着野生的泽兰。泽兰是菊科植物，秋初开着白色的排成伞房状的花。它们在大路两旁摇摆着，显出衰弱悲伤的样子，就像舍不得这位标志着过去那段烜赫历史的人物离开似的。这种凄惨苍凉的情景，要是老天爷也有情感，它也会悲痛得立刻衰老了。

"天若有情天亦老"，真是石破天惊、出乎意外的奇想。从来只有人说天是不老的，谁曾见过天会衰老呢？可是这位诗人仅仅下了"若有情"三个字，天就变得不同了，它活过来了。活过来当然很好，可是也有不好。因为生命总有衰老的一天，何况还是有感情的生命呢！这真是绝顶聪明的想象力。虽然宇宙不是生命，宇宙毕竟也在不断运动变化，星球也有年轻期和衰老期，分子天文学家已经在探讨星际分子是不是生命前分子了。那么，谁说天绝对不会衰老呵！

"携盘……"这句，有两种解释。一说这是金铜仙人连同它的露盘都离开长安。因为"独出"自然指的是金铜仙人，不是指魏国官员，何况诗题又明明说是"仙人辞汉"，序言中又有"仙人临载"的话。一

说"携盘"者是搬走承露盘而丢下铜人的官员。理由是史书上明明说
"铜人重不可致,留于霸城"④。诗中的"携盘独出"可以解为单独携
盘而去。两说各有理由。我是倾向于前一说的。因为拿金铜仙人作全
诗的收束,情韵是远胜于用魏国官员作收束的。

　　"渭城已远波声小"——好像金铜仙人正在竖起耳朵,要最后听
一听渭水的奔流似的。一种恋恋不舍的感情扑面而来,使人有徒唤奈
何之叹。这也是很高超的手笔!

①见《三国志·明帝纪》青龙三年。
②见《全唐诗》顾况《梁广画花歌》。
③见《四库总目提要》卷首。
④见《三国志明帝纪》引《魏略》。

罗浮山人与葛篇

依依宜织江雨空，雨中六月兰台风[1]。

博罗老仙持出洞[2]，千岁石床啼鬼工。

毒蛇浓吁[3]洞堂湿，江鱼不食含沙立。

欲剪湘中一尺天，吴娥莫道吴刀[4]涩。

[1]兰台风——宋玉《风赋》："楚襄王游于兰台之宫。宋玉、景瑳侍。有风飒然而至。王乃披襟当之，曰：快哉，此风！寡人所与庶人共者耶？"

[2]博罗——县名。在广东省东南。罗浮山跨博罗、增城二县间。持一各本均作"时"，从元校本改。

[3]毒蛇浓吁——今本多作"蛇毒浓凝"，此从宋本。

[4]吴刀——吴地所出的剪刀。李白诗有"吴刀剪采缝舞衣"句，此刀也是指剪刀。

　　李贺的一位朋友，居住在广东罗浮山，给诗人捎来了一匹葛布。这首诗就是赞美这种葛布的。

　　南方的葛布从古就有名。《诗经》已经提到它，称为"绤绤"。广东出产的葛布，在汉代就有记载，成为达官贵人馈赠的佳品。直到唐代，广东出产的葛布也还是很有名。杜甫有一首《送段功曹归广州》诗就说："交趾丹砂重，韶州白葛轻。"李贺这首诗更是极力赞赏广东的葛布，使这种产品显得加倍出色了。

　　此诗一共八句。前四句极力描写葛布织工的精细，后四句表示在暑天里他正急需这种布料裁制衣服。

　　"依依宜织江雨空，雨中六月兰台风"——"依依"是形容葛布的柔软，"江雨空"是用雨的线条来形容葛布纤维的疏细。"宜织"是指巧手的纺织工艺。"兰台风"用了一个典故。在这两句里，诗人先强调了葛布的疏而且细，想象在六月天里穿上葛衣，迎着爽快的风，不仅非常凉快，也更能显出葛布的柔软。

　　"博罗老仙持出洞，千岁石床啼鬼工"——"博罗老仙"是用夸张笔墨比喻那位罗浮山人。是他从仙洞里把葛布拿出来赠予诗人的。葛布的织工好极了，它不是靠一般织机织出来，而是在"千岁石床"上织成的。它费了洞中的鬼工多少工夫呵，难怪那些灵巧的鬼工看见葛布给人拿走，会伤心得哭泣起来了。

　　"毒蛇浓吁洞堂湿，江鱼不食含沙立"——这两句是着力描写天气炎热。蛇本来是冷血动物，不该怕热的，可是它却在直喘气，喷出来的浓气把洞穴都弄潮湿了。江鱼是藏在水里的，该也不怕热了吧，如今连江水也热得让它受不了。它脑袋朝下躲到河底沙上去，避一避水中蒸腾的热气。于是看上去这些鱼儿就像含着沙倒立起来一样。

"欲剪湘中一尺天，吴娥莫道吴刀涩"——在这种闷热的天气里，自然想着赶快穿上葛衣，"吴娘呵，你看这些葛布就像湘江的水反映着洁净的天空一样，多么纯净，多么白腻。我想把它裁下来一块。你不要推说剪刀不够锋利吧，东吴正是出产好剪刀的地方呵"！

一匹葛布本来平常，要形容它也无非是纤细白净罢了。可是到了李贺手里，你看他有多少出人意料的构思，又是多么奇丽炫目的形象。真是独具一格，别开生面，初看的时候，这些千奇百怪的形象扑面而来，弄得人眼花缭乱。不知道诗人打算告诉我们一些什么。但是只要耐心定神仔细研读，我们便会发现他是运用了浪漫的构思，夸张的手法，色彩斑斓地泼出一幅气势生动、神采丰满的图画来，而当我们细加分析之后，又会发现诗人字字都是紧扣题目，句句都有创作意图。在章法上一起一结，一开一合，步步都有分寸。初看是难解的，如今就不难解了。初看好像很凌乱，如今反而觉得非如此不可了。这真是一种很高的艺术造诣，不由你不点头佩服，由衷叹赏。

诗是最不能容忍平庸的。罗马帝国初期诗人贺拉斯，和十七世纪法国诗评家布瓦罗都说过类似的话。布瓦罗甚至认为中等的和蹩脚的诗人是完全没有差别的。我国许多诗评家也都告诉诗人要力避平熟。而平熟其实就是布瓦罗的所谓"中等"。有些诗写起来形式合格，内容也挑不出什么毛病，但就是平庸得很，看上去没有一点劲儿。你说它是"中等"，勉强可以；但说它是"蹩脚的"，又何尝不更合乎实际呢！

　　读了李贺的诗，是不由人不产生以上的感想的。

牡丹种曲

莲枝未长秦蘅老[1]，走马驮金劚[2]春草。

水灌香泥却月盆[3]，一夜绿房[4]迎白晓。

美人醉语园中烟，晚花已散蝶又阑。

梁王老去罗衣在，拂袖风吹蜀国弦[5]。

归霞帔拖蜀帐昏[6]，嫣[7]红落粉罢承恩。

檀郎谢女[8]眠何处？楼台月明燕夜语。

---

[1]秦蘅——旧注引宋玉《风赋》李善注："秦，香草也；蘅，杜蘅也。"王琦认为："秦蘅至牡丹开时已老，不知是何花，绝非杜蘅。杜蘅虽是芳草，然其花殊不足观，难与莲枝、牡丹为伍。"暂以阙疑为是。

[2]劚（zhǔ）——掘取。

[3]却月盆——古代有却月城，形如半月。却月盆就是半圆形的花盆。

[4]绿房——指牡丹的蓓蕾。

[5]蜀国弦——古代用蜀地的桐木做琴，李贺称之为蜀弦。《蜀国弦》又是乐府曲名。

[6]帔拖——帔是古代妇女披在肩背上的服饰。旧解"帔"或是"披"字之讹。但"帔拖"指为花瓣像帔一样拖下来也可以。蜀帐——遮花的帐幕，用蜀布制成。参看白居易《牡丹芳》诗："共愁日照芳难住，仍张帷幕垂阴凉。"

[7]嫣——同蔫（niān），指花瓣因失去所含水分而萎缩。

[8]檀郎——唐代泛指青年男子。谢女——泛指青年女子。

　　牡丹为什么会被人称为富贵花？除了它那艳丽的形态以外，恐怕同唐代贵族富家偏爱牡丹也不无关系。

　　它原产于山西省，唐初移植到长安、洛阳。唐玄宗携着贵妃，欣赏牡丹，还令李白进《清平调》三章。上有好者，下必甚焉。牡丹从此成了"花王"。中唐诗人柳浑曾写道："近来无奈牡丹何，数十千钱买一窠。"白居易也说："一丛深色花，十户中人赋。"那风气也就可想而知。

　　许多人都咏牡丹，李贺也咏牡丹。但李贺有他的想法，也写出他自己的独特风格。我们且看他怎样通过种种形象来写时人对牡丹的狂热的。

　　"莲枝未长秦蘅老，走马驮金劚春草"——莲花的茎还未长出来，秦蘅却又衰老了。于是富贵人家用马驮金钱，到产地找名贵的牡丹去了。因为牡丹还没开花，所以诗里称它为"春草"。但也含有贬抑的用意。

　　"水灌香泥却月盆，一夜绿房迎白晓"——找回来以后，栽在半月形的花盆里，又是淋水，又是上泥。保护十分周到。花苞逐渐长大了，一夜之间，灿然开放。它在晓色之中，迎人欲笑。

　　"美人醉语园中烟，晚花已散蝶又阑"——赏花的人部纷纷前来了。他们在花下饮酒作乐，喝得酩酊大醉。直到园中出现了黄昏的雾气，那些脸泛桃花的女子还在胡言醉语。其实这时候牡丹花瓣已经松散，连蝴蝶都意兴阑珊了。

"梁王老去罗衣在，拂袖风吹蜀国弦"——"梁王"，有人解为姓梁姓王两个妓女，也有人解为贵种牡丹的名字。照我的看法，"梁王"是从上文"园中"牵连而来。汉代有个梁孝王，在今河南商丘市附近建了一座大花园，取名兔园。后人叫它"梁王苑"或"梁园"。李贺由此发挥他的浪漫主义构思，把这座花园说成是梁孝王的梁园，意思则是指唐代某一皇族的花园。这位皇族虽然死了（把死说是"老了"，现在民间口语里还有），但那些穿罗衣的歌舞人还在。她们有人在跳舞，也有人在弹奏琴瑟。名目是欣赏牡丹，其实是找个借口来尽情欢乐一下罢了。（自然，句中的"罗衣"也可以比拟牡丹的花叶，像李商隐《牡丹》诗"锦帷初卷卫夫人，绣被犹堆越鄂君。垂手乱翻雕玉佩，折腰争舞郁金裙"就是类似的比拟。）

"归霞帔拖蜀帐昏，嫣红落粉罢承恩"——赏花人终于散尽了。像红霞似的花瓣已经耷拉下来，遮盖牡丹的帐幕颜色也渐渐昏暗。牡丹的鲜红开始暗淡，颜色褪落，它再也不受贵人的恩宠了。

"檀郎谢女眠何处？楼台月明燕夜语"——那些贵族男女们如今睡在什么地方呢？他们正在华丽的楼台之中，有如雕梁的燕子呢喃地唱着。外面则是明亮的月光。

这就是唐代富豪们一幅赏花图。

他们不惜花了巨资买来名贵的牡丹，不过仅仅供他们一天的欣赏罢了。这种穷奢极侈的挥霍，当然都是出自老百姓的血汗。但李贺没有写"一丛深色花，十户中人赋"。他用他自己的描写手法，他有他自己的风格。

　　李贺对于他那个社会的恶劣腐败现象，是深存贬斥和讽刺的。可是他多数是不着议论，而是用形象的语言来表达，让读者自己去寻味。在这首诗里，同样是采用这种手法。

贾岛

779—843年，字阆仙，范阳（今河北涿州）人。贾岛与孟郊并称『郊寒岛瘦』，孟郊人称『诗囚』，贾岛被称为『诗奴』。其诗喜写荒凉枯寂之境，颇多寒苦之辞。以五律见长，注重词句锤炼，刻苦求工。有《长江集》。

渡桑干[1]

客舍并州已十霜，归心日夜忆咸阳。

无端更渡桑干水[2]，却望[3]并州是故乡。

[1]此诗一说是贞元间诗人刘皂的作品；但后人多数把它归到贾岛名下。

[2]桑干水——桑干河，源出山西省朔县东，下游为永定河。

[3]却望——回望。

并州（现今的太原）离开咸阳并不算太远，太原再往北走几百里，就是桑干河。今天我们坐上火车可以朝发夕至。可是这位唐代诗人，旅居并州十年之久，日盼夜望，始终没有机会回家里一趟；反而一个意外，要走向那时称为塞上的桑干河北。这对诗人来说，真是一个很大的失望。黄昏日落，桑干河水流得很急，诗人踏上渡船，在暮色苍茫中，仿佛看见并州裹在重重的浓雾里。这时，他突然强烈地怀念起并州来。这是他居住过十年的并州：一山一水，一草一木，他都非常熟识，彼此好像系上了感情的带子。如今这一切也都只好存在于幻想之中了。"并州，我的故乡呵！"诗人禁不住失声地喊了出来。……

然而，隐藏在这么一声的后面的感情又是什么呢？再也用不着说明，那是对于返回真正的故乡——咸阳的真正的绝望！①

宋代文学批评家，在谈到诗的技巧的时候，把一种技巧叫作"影略法"。"影略"，又作"影掠"，即观影而知实物之状，译得浅近些就是"不言而喻"的意思，有人引郑谷的落叶诗："返蚁难寻穴，归禽易见窠"做例子，因为只写出蚁难寻穴，禽易见窠，自然就使人知道树上的叶子大半都掉下来了。写《冷斋夜话》的惠洪和尚由此就认为贾岛这首诗之所以好，原因在于使用这种"影略法"。其实，这是很表面的看法。贾岛这首诗所以使人感到情意深沉，首先在于他对那种不由自主地被迫远行的生活的无限感慨。"无端更渡桑干水"，这里面包含了不止贾岛一个人的遭遇，也不是一个人的感情，这里面有着一定的时代背景（中唐时代军阀专横，政治黑暗已极，很多人流离失所，不得归乡）。但是，他不肯泛泛地写浮在面上的、谁都能够说得出来的一般感想，而是艰苦地探索下去，在发现了对归乡的真正绝望之后，在心头千回百转，结果才运用了一点技巧，把这种绝望之情写了出来。如果单纯运用技巧，显然是不能这样动人的。

"却望并州是故乡"这种构思，的确比之"更知无计返家乡"的一览无余的构思，具有更大的感动人的力量。虽然归根到底来说，两者的含意是一样的。这里面很有值得我们探索的地方。从前有些文艺批评家认为"诗忌在直"，要把意思说得曲折些，也就更耐人寻味些。然而这种说法颇有流弊，有些诗人就因为要力求其"曲"，弄得内容非常隐晦，别人怎么也弄不清楚他说什么。可见问题并不在一"曲"字。我觉得"却望并州是故乡"这句话之所以显得动人，其一，是作者把某一种思想感情加以形象化的结果。"归乡是更加不可能了"，这也是一句发自真正感情的话，然而我们觉得平淡，是因为它没有形象，不能构成诗的意境；而"却望并州是故乡"则是一句形象性很强的语言，蕴藏着丰富的意境，使人"目击而心存"。其次，又是我们的感情被引进一步，不能不更加关心作者的命运的结果。在读这首诗开头两句的时候，我们便已产生了这样的印象：并州是作客之地，虽近而疏远；咸阳是诗人故乡，里远而亲近。这样就好像在感情上树立了两个对立面，并且无形中要争取这一方（咸阳）而排斥另一方（并州）；不料再读下去，原先的一组矛盾竟发生了变化，新的要排斥的对象——桑干河突然出现，原先要排斥的并州这时反而成为需要争取的一方了。这样，我们便觉得诗人在一个矛盾还没有解决的时候，又陷入了新的矛盾之中，竟至于不能不把原要排斥的一方作为争取的对象，我们就不由得不给予诗人以更大的关怀，从而让我们的感情更深一步向前展开了。这首诗给予我们的感动，不是没有来由的。

贾岛是以"推敲"著名的苦吟诗人，做过和尚，后来结识了韩愈，才弃僧还俗。据说，他认识韩愈的时候，有一段故事。有一次他吟了两句诗："鸟宿池边树，僧推月下门。"做好以后，他觉得"推"字不算好，要改做"敲"字，可是又决断不了，走在路上，还在苦思，并且下意识地做出推门和敲门的手势。恰巧韩愈排开仪仗在街上走，他迷迷糊糊地冲进仪仗队里去，给抓住了。韩愈问起情由，代他决定用了"敲"字，并且引为诗友。这就是"推敲"这个典故的来由。事情的真假虽不可知，但是像这首诗，就不只是一个字的推敲问题了。他作诗之刻苦用功，是不难想见的。

①贾岛是范阳人，久居京师。这里的咸阳即指长安。

忆江上吴处士

闽国^[1]扬帆去，蟾蜍亏复圆。

秋风吹渭水，落叶满长安。

此地聚会夕，当时雷雨寒。

兰桡^[2]殊未返，消息海云端。

[1]闽国——今福建省福州。《新唐书·地理志》："福州长乐郡，本泉州建安郡治。武德六年别置。景云二年曰闽州。开元十三年更州名，天宝元年更郡名。"
[2]兰桡（ráo）——指船。即诗词中常用的木兰舟。殊——这里作"犹"字解。

　　有关贾岛的几件传说，书上记载颇为分歧。《新唐书》说贾岛起初是个和尚，后来结识了韩愈，才劝他还俗。《唐遗史》却说，贾岛由于举进士不第，才落发为僧。《唐遗史》又说贾岛因为思索"僧敲月下门"句，冲突了韩愈的仪仗队。《唐摭言》却另有说法：是他先得到"落叶满长安"这句，苦思不得一联，于是在大街上冲撞了京兆尹刘栖楚①。还有他后来被贬为长江主簿的原因，《新唐书》《唐摭言》和《唐遗史》的说法都各各不同。这些，只好让考证家去判定真伪了。

　　这首诗的"秋风吹渭水，落叶满长安"一联，本来是贾岛的名句。后来有不少人引用。像宋代周邦彦的《齐天乐》词："渭水西风，长安乱叶，空忆诗情宛转。"元代白仁甫《梧桐雨》杂剧："伤心故园，西风渭水，落日长安。"就都是的。

　　可是论诗颇多精到见解的王夫之（船山），却对这一联痛加指责。他谈到"诗文俱有主宾。无主之宾，谓之乌合"时，就说："若夫'秋风吹渭水，落叶满长安'。于贾岛何与？……皆乌合也。"竟认为这两句是随便凑上去的，与贾岛的感情无关。（见王夫之《夕堂永日绪论》）

　　王夫之也许是受了《唐摭言》的影响吧。因为它说是先得了"落叶满长安"五字，因苦思一联，冲撞刘栖楚，给关押了一天。然则事后才补足"秋风……"一句。这不明明白白是凑合的么！然而我们通看整首诗，却是整体如环相扣，首尾完密。"秋风……"一联，承上启下，对偶整齐，布置得很好，决不能说是"乌合"或"与贾岛无关"的。

诗是忆念一位到闽州（在今福建）去的姓吴的朋友作。

开头说，朋友坐着船前去闽州，到如今月复一月，还没有得到他的消息。"蟾蜍亏复圆"是说月亮盈了又亏，亏了又盈，不止一次了。

然后跟着说自己还住在长安。这时的长安已是秋风一片。秋风既吹着渭水，长安也满城落叶，显出一派萧瑟的景象。

为什么要提到渭水呢？因为渭水就在长安郊外，又是送客出发的地方。当日送朋友时，渭水还未有秋风；如今渭水吹着秋风，自然想起朋友一别已经几个月了。

于是，诗人忆起和朋友在长安聚会的一段往事："此地聚会夕，当时雷雨寒"——他那回在长安和这位姓吴的朋友聚首谈心，一直谈到很晚。外面忽然下了大雨，雷电齐鸣，震耳炫目。虽然正在夏天，心里也感到一阵寒意。时光真是过得飞快，大雷大雨的夏天转眼就变成落叶满长安的秋天了。

这中间四句，在感情上，既说出诗人在秋风中怀念朋友的凄冷心情，又忆念两人往昔过从之好。在章法上，既向上挽住了"蟾蜍亏复圆"，又向下引出了"兰桡殊未返"，结构是很严密的。其中"渭水""佐安"两句，是此日长安之秋，是此际诗人之情；又在地域上映衬出"闽国"离长安之远（回应开头），以及"海云端"获得消息之不易（暗藏结尾）。单就这简略的分析，已可见"秋风……"一联绝不是"乌合"的了。

再说"此地聚会夕，当时雷雨寒"，在艺术手法上称为"逆挽"。也就是先叙述离别的事，再倒叙昔日相会之乐。这样行文就有曲折，也不至于笔势提不起来。

结尾是一片忆念想望之情。"兰桡殊未返，消息海云端。"由于朋友坐的船还不见回来，自己也无从知道他的消息，只好遥望远天尽处的海云，希望从那儿得到吴处士的一些消息了。

你看这八句诗把题目中的"忆"字反复勾勒，何其厚重饱满，有哪一句是"无主之宾"，又有哪一句可以贬之为"乌合"的凑合？

以前有些人颇喜摘句。标举出来，作为欣赏、学习，自然不无好处。但也要防止产生毛病。像本诗的"秋风……"一联，摘举出来，也未为不壮。（唐人张为的《诗人主客图》就摘引这一联。而方回在《瀛奎律髓》中则评云："或问此诗何以谓之变体，岂'秋风吹渭水，落叶满长安'为壮乎？"）可是它到底表达了诗人的什么思想感情，它和整首诗的关系如何，都看不出来了。

①贾岛的《长江集》中有《寄刘栖楚》诗，看出彼此是交情颇挚的。

张籍

约767—约830年，字文昌，苏州（今属江苏）人。中唐时期新乐府运动的积极支持者和推动者。其乐府诗多反映当时的社会矛盾和民生疾苦，也有描写妇女的悲惨处境者，甚受白居易推崇。和王建齐名，世称『张王』。有《张司业集》。

猛虎行

南山北山树冥冥[1]，猛虎白日绕村行。

向晚一身当道食，山中麋鹿尽无声。

年年养子在空谷，雌雄上下不相逐[2]。

谷中近窟有山村，长向村家取黄犊。

五陵年少[3]不敢射，空来林下看行迹。

[1]冥冥——一片阴暗。

[2]雌雄上下不相逐——雌虎和雄虎在出入的时候都不跟随在一起。意指分头寻食。

[3]五陵年少——西汉高祖、文帝等五座陵墓建在长安近郊，在这里居住的都是一些从各地迁来的富豪们。他们的子弟往往以骑射为乐，并且装扮成豪侠的样子。这些人就叫作"五陵年少"（年少就是少年）。后来也有人把这个词作为侠士的代称。

这是一首讽喻诗，看它的题面是描写老虎的凶猛，其实诗人的用意并不在描写真的猛虎，而是借虎来比喻那些作威作福，残害人民，连朝廷和地方官吏对他们也无可奈何的豪门贵族。

讽喻在诗歌中是常见的，但是诗人使用的手法也各有不同，有些诗人说得显露些，使人一看就知道它是在讽刺什么，反对什么；但是有些就写得隐晦一些，甚至绕几个圈子，要人再三猜想才明白它说的是什么。这当中自然有客观原因，在反动统治底下，有些诗人对反动势力的残存有戒心，就不得不隐约其词，曲折地写出自己要说的话。虽然曲折，但是由于比喻的准确，它又是鲜明的，生动有力的；更由于它所讽刺的都是当前的社会现实，并且多数是人民切身感受到的生活的痛苦，因此在当时来说，也并不像我们现在看来那么隐晦曲折，而是容易领会的。所以这一类讽喻诗，一般来说不会太多地减弱它的战斗意义。

张籍是中唐一位现实主义诗人，能够面向现实，站在人民的立场，尖锐地揭露封建统治者的罪恶，写出劳动人民的苦难生活，为他们发出控诉。他的乐府词如《野老歌》《估客乐》《朱鹭》《促促词》等，反映了在腐败的封建王朝统治底下人民痛苦的深重，有着深刻的社会现实意义。

这一首《猛虎行》虽然不是提着名字来攻击那些豪门贵族，但是矛头所指，却可以看得出正是在针对着他们这一群人。他们的确好像那些白昼也敢出来横行的猛虎那样，残害人民，谁也奈何他不得。诗的开首两句，写出山深林密而虎猛。山深林密，说明猛虎有可靠的凭借；"白日绕村行"就不是一条寻常的虎，而是异常凶猛的虎。这都是在暗射豪门贵族。

三、四两句，进一步渲染虎的残暴凶恶。"当道"二字，语带双关，因为古人把当权的统治者叫作"当道"，猛虎当道而食，说明它是明目张胆的，谁也不怕的。这种猛虎，也只有在人间才找得到。"麋鹿尽无声"，又反衬出"猛虎"气焰的高涨，被害者连一口气也不敢喘出来。在封建反动统治的黑暗年代，人民喘息在反动统治的高压底下，吞声饮恨，也和"麋鹿无声"的情形有点相像。

"年年养子在空谷"以下四句，说明"猛虎"不只是一条，而是一大群，它们子孙繁衍，长时期地残害人民。这就把"猛虎"的灾祸的严重性，描写得使人更加触目惊心，更加不可忍耐。在行文上说，就是一步高于一步，一层深入一层，把所要表现的主题思想推到了巅峰状态。

描写"猛虎"的祸害，到了这里，已经淋漓尽致了，因此，诗人在末尾两句就把笔一转，转到"五陵年少"身上去。"五陵年少"，指的就是所谓游侠儿，是善于骑射，以豪侠自命的人，这里却暗指那些身负治国安民之责的朝廷大臣或地方官吏而言。"五陵年少"不是不知道"猛虎"的罪恶的，可是他们震于"猛虎"的气焰，连碰也不敢碰它一下，只是徒然在林子里看一看这些大虫们的脚迹，就垂头敛手地走开了。这两句，作者一方面是对于豪门贵族的凶横，从旁再勾勒一笔；

而另一方面,又对于官僚们的漠视人民痛苦,只顾保持禄位的昏庸怯懦行为,给予了尖锐的讽刺。

张籍是一个比较能够睁开眼睛,探索现实世界的诗人,由于他同情人民疾苦,也就容易看出当时封建统治集团的一些本质的东西。而他们这些本质的东西,也实在和吃人害物的猛虎有不少相似之处,因此诗人才借用"猛虎"为题,形象地把他们的丑恶面目揭露了出来,让广大人民看到这些豪门贵族是一些什么东西。

刘禹锡

772—842年，字梦得，洛阳（今属河南）人。其诗通俗清新，善用比兴寄托手法。其山水诗改变了大历、贞元诗人襟幅狭小、气象萧瑟的风格，而常常是写一种超出空间实距的、半虚半实的开阔景象。《竹枝词》《杨柳枝词》和《插田歌》等组诗，富有民歌特色，为唐诗中别开生面之作。有《刘孟德文集》。

竹枝词（录二）

一

杨柳青青江水平，闻郎江上踏歌声。

东边日出西边雨，道是无晴还有晴。

二

山桃红花满上头，蜀江春水拍山流。

花红易衰似郎意，水流无限似侬愁。

竹枝词，据刘禹锡的自序说，他在建平做官的时候（建平，古郡名，故城在今重庆巫山县），看见当地的人唱着一种歌曲，是用笛子和鼓伴奏的，一边唱一边跳舞。谁唱得最多，谁就是优胜者。刘禹锡采用了他们的曲谱，制成新的竹枝词。体裁和七绝一样。本来这种民歌，在唐代早已流行。大历年间登进士第的刘商，就写过一首《秋夜听严绅巴童唱竹枝歌》，其中说："巴人远从荆山客，回首荆山楚云隔。思归夜唱竹枝歌，庭槐落叶秋风多。曲中历历叙乡土，乡思绵绵楚词古。"这首诗的写作年代，比刘禹锡的《竹枝词》还早。从诗中叙述看来，它是川东鄂西一带的民歌，而且和古代楚国民歌颇有渊源关系。可惜后来这种唱法失传了。只从《花间集》保存的几首竹枝词中，知道它的句法是上四下三的，上面四字作一顿，注上"竹枝"二字，下面三字作一顿，注上"女儿"二字。"竹枝""女儿"，大抵是在唱的时候的一种和声吧。实际情形怎样，就不知道了。

竹枝词的唱法虽然失传，可是后代文人仿作的仍然不少。这种仿作的竹枝词，由于本来出民间，所以始终没有完全脱掉乡土气。文人仿作竹枝词，也大抵都是描写乡土景物、民间风习或地方特产之类，多少总带上一点乡土的色彩。因此，它的风格也和一般的旧体诗有所不同，例如多用白描手法，少用典故；文字通俗流畅，排斥堆砌，等等。风格接近于民歌。这是竹枝词的特点。

这两首竹枝词，可以明显地看出作者有意向当时的民歌学习。无论从它的内容、手法和艺术风格看，它都和民歌这么接近，使人不禁猜测作者也许是直接从民歌取材的。因为那时的士大夫知识分子用民歌体来写诗,还没有达到这样高的水平。

两首诗都是女子的口吻。第一首很像是山边田头人们常常听到的山歌。诗中的这个姑娘也许是在江上打鱼,不然就是在河边洗衣吧。在春风淡淡的日子里,杨柳都吐出碧绿的长条,江水又是那么平缓。她正在从事劳动的时候,忽然听见一个青年人在引吭高歌,歌声好像从江面飞渡过来,总是盘旋在她的身边。虽然歌词的内容不完全听得清楚,却又好像是为她而发似的。等她倾耳细听的时候,歌声又忽然给一阵江风吹断了。然而不久,歌声又响了起来,又在她耳边盘绕着,赶也赶不掉。……就这样,这位姑娘的心情给逗引得忽起忽落,安静不下。

这首诗正是巧妙地描写了这一场情景。开头一句只是就眼前的景物描绘,通常是没有什么深意的;第二句才是叙事,写出了一位给歌声逗引得心情起伏不定的姑娘。接下去就是两句妙喻:"东边日出西边雨,道是无晴还有晴。"这两句诗长期以来为广大人民所喜爱和传诵。因为它语带相关地用"晴"来暗喻"情",抓住的是眼前景物,暗射的又是此时此际人物的思想感情;而两种不相关的事物通过谐声统一在一起,如此贴切自然,又使人感到有意外的喜悦。这样的谐声借喻,早在南朝民歌中出现,它不是只能在纸上舞文弄墨的人所能想象,而是只有善于通过歌唱来抒情表意的劳动人民才能够有的巧思。

劳动人民在诗歌中运用双关语,都是含蓄而不晦涩的。用"莲"

喻"怜"，用"池"喻"迟"，用"晴"喻"情"……都是如此。正因为有含蓄的美，所以像这首诗里的女子就不像那些戴着道学的假面具的大人先生那样，绕了几个圈子也还闪闪缩缩的半吞半吐，说不出半句心里的话；但也不是赤裸裸的叫喊，使人觉得唐突。而是含蓄地用双关的语言，巧妙地道出了自己这时候的心情。

至于在第二首诗里的姑娘，也许正在尝着失恋的痛苦，也许是丈夫已经变了心。唱出来的调子是低沉的。她正在体味着自己的苦痛。这一首运用的也是民歌常用的手法：先写眼前的景物，然后再用它来做比喻，从而形象地写出了本来没有具体形象的内心感情。

"山桃红花满上头，蜀江春水拍山流。"上一句写满山桃花的灿烂，下一句写一江春水的浩渺。单从写景来说，这两句也是优美的；但是这位姑娘的心思并不在于欣赏这里的美丽景色，她不过是眼看了这些景色，有所触发罢了。触发什么呢？就是下面这两个比喻："花红易衰似郎意，水流无限似侬愁。"桃花是易谢的，它正像那位郎君的爱情一样；而流水是无尽的，正好比自己的无穷痛苦。读了这两句，谁能不为它的比喻的鲜明准确而感动！许多人都认为李煜的《虞美人》词："问君能有几多愁，恰似一江春水向东流"是罕有的名句，哪里知道在这之前，已经先有了"水流无限似侬愁"这样震人心弦的诗句呢！

因此，很可以这样推测：在刘禹锡新创作的竹枝词中，除了向民间竹枝词学习之外，一定还会有取材加工的成分。这两首诗似乎可以作为例证。

乌衣巷

朱雀桥边野草花，乌衣巷口夕阳斜。

旧时王谢堂前燕，飞入寻常百姓家。

看中国画的人，都会有这样一种感觉，明明画面上是一段素白，连淡得无可再淡的水墨也没有渲染上去，而观赏者的眼睛却分明从素白的地方看出别的什么来。比如，在山顶和山脚之间，横拦一段素白，看来就是锁着山腰的白云；几个孤独的洲渚中间，一片素白，又分明是浩渺无际的江水；群峰顶上那片素白，也不是别的，而是观赏者眼中的蓝天。画家们就是利用这种虚中见实，或虚实相生的技巧，让观赏者通过自己的联想和想象，看出画面上本来没有而在生活上却是实有的东西。这是不是文艺上的所谓含蓄？我看应该也是吧！在古人写的诗歌里，类似的例子是很多的。

拿这首《乌衣巷》为例，从表面看，诗人写的是南京城内乌衣巷的一段景色。在朱雀桥边，绿茸茸的长了许多野草，在这一片草丛中，点缀着各色的花朵，开得很茂盛。巷内显得荒凉冷静，只有一抹斜阳，默默地洒在街道的一角，这时候，双双燕子不停地飞来掠去，啄到了飞虫，就钻到屋檐下它们的泥屋子里。假如说，这就是一幅画面，那么，实在很难说出它有怎么深刻的思想内容。然而，诗歌到底和图画不完全相同。我们只要细细体味下去，特别是琢磨诗中的"旧时"两字，联系"王谢堂前""寻常百姓"等字，再回头寻味"野草花""夕阳斜"这些景物所包含的感情内容，那么，我们就会发现，作者是故意留下一段空白，让我们去自己体会。因此，这四句诗的主题思想并不太难理解，它正是对于豪门权贵的没落的必然性，通过形象的语言来加以揭露，使人感性地知道，那些封建权贵的炙手可热，无非是历史上一瞬的现象，他们是决不会长久的。你看！燕子还是旧时的燕子，可是王、谢的门庭已经变成一般百姓人家了。（这里需要知道一些历史背景：乌衣巷是建康——即今南京——的一条街巷；西晋政权由中原南渡后，建都建康，乌衣巷就成为王、谢等大族聚居的地方。他们都是所谓累代簪缨的贵族。）

也许这四句诗是表示了一种悼念之情吧？不是的。和《乌衣巷》同一组的《台城》诗，作者就说："台城六代竞豪华，结绮临春事最奢①。万户千门成野草，只缘一曲后庭花。"②倾向性是明显的。正因如此，这首《乌衣巷》对当时的封建统治者来说无异一盆冷水，只有给浇得浑身打战，决不会觉得它有丝毫温暖。其实在作者看来，这样的笔墨已经是够明白的了。当时的豪门权贵也绝不会不了解。正如诗人在另一首诗里，仅仅用"种桃道士归何处？前度刘郎今又来"两句话，隐约而又尖利地对当时翻云覆雨的政局（一批人排挤掉另一批人，他们自己不久又被人排挤掉）加以讽刺一样，马上就使"权近闻者，益薄其行"。可见这种含蓄的手法并没有降低它的战斗作用。③

①"结绮""临春"，是陈后主（公元583至589年在位）在南京用作享乐的两座建筑物的名字，建筑十分奢华。
②此诗作者一说是张籍。
③据《唐诗纪事》及《唐才子传》，刘禹锡原是王叔文革新集团的主要人物。王叔文当政不久就失败，刘禹锡也被贬为朗州司马。元和十年，召回长安，他看到王叔文失败以后，朝廷中另换了一批新贵人物，颇有感慨，便写了一首《戏赠看花君

这首诗虽然仅仅借用了现实生活中的小小一角——没落的乌衣巷的景色,说得如此含蓄,然而不能否认,当人们读了它,通过必要的联想和补充,就会看出这生活中的小小一角,竟是封建社会的豪门贵族不可避免的没落命运的现实反映,它已经远远超出单纯对于晋代王、谢贵族的没落的感慨了。

子》:"紫陌红尘拂面来,无人不道看花回。玄都观里桃千树,尽是刘郎去后栽。"句中"桃千树"暗指朝中新贵,很有点冷嘲的味道,因此又被贬去播州,改迁连州,又徙夔州。后来他再回洛阳任主客郎中,于是他又写了一首《再游玄都观》:"百亩庭中半是苔,桃花净尽菜花开。种桃道士归何处?前度刘郎今又来。"两诗都是极尖刻的讽刺。

元稹

779—831年，字微之，河南（今河南洛阳）人。与白居易友善，常相唱和，世称『元白』，为新乐府运动的主要作者之一。乐府诗在元诗中占有重要地位，且具有一定的现实意义，能借古题而创新词新义，主题深刻，描写集中，表现有力。有《元氏长庆集》。

遣悲怀（录一）

闲坐悲君亦自悲，百年都是几多时？

邓攸[1]无子寻知命，潘岳[2]悼亡犹费词。

同穴窅冥何所望[3]，他生缘会更难期。

唯将终夜长开眼，报答平生未展眉。

[1]邓攸——晋人，字伯道。曾在逃难中途抛弃了自己的儿子，保全了弟弟的骨肉。后来终于无后。

[2]潘岳——晋人，字安仁。擅长写哀挽文字。妻死，有悼亡诗三首，为世人所传诵。

[3]窅（yǎo）冥——深邃黑暗。

悼亡诗和爱情诗，在元稹的诗集中都占了一些分量。他写的那篇漂亮的散文《会真记》把自己早年的恋爱事迹坦然暴白出来，还附了《会真诗三十韵》，在当时就引起许多人的注意。他的朋友杜牧曾写了《题会真诗三十韵》，李绅又写了《莺莺歌》①。但正如鲁迅先生在《中国小说史略》指出的，这位"元才子"，在《会真记》中"以张生自寓，述其亲历之境"，却又"文过饰非"，公然宣扬荒谬的"女人祸水论"，认为像崔莺莺这样的尤物，"不妖其身，必妖于人"。以此为他的"始乱终弃"进行辩解。这就引起后世许多读者的厌恶和愤慨。

固然，唐代是门阀制度森严的社会，一个要向上爬的地位卑微者，往往要设法向高门联婚，借这种裙带关系达到猎取官禄的目的。元稹在向上爬的过程中，抛弃出身低微的崔莺莺（这是一个杜撰的名字），另外找到一个名门望族的女子韦丛，和她结了婚，从当时的社会风气来说，并不是太奇怪的。然而他偏要吹嘘自己如何"善于补过"，甚至斥被抛弃的对方为"妖孽"，那就太恶劣了。

以上算是一段开头的话。

元稹的原配韦丛，字茂之（一作成之）。她的父亲韦夏卿，官至太子少保。韦丛是他的幼女。德宗贞元十八年（公元802年）嫁给元稹。那时元稹只有二十四岁，官职是秘书省校书郎。过了七年（宪宗元和四年，公元809年），元稹授监察御史，韦丛就病死了，得年仅二十七岁②。

韦丛是一位贤淑的女性。元稹在《祭亡妻韦氏文》中说她："速归于我，始知贱贫。食亦不饱，衣亦不温。然而不悔于色，不戚于言。"

能够安于贫困生活。对丈夫也很能体贴："他人以我为拙，夫人以我为尊。置生涯于濩落，夫人以我为适道。捐昼夜于朋宴，夫人以我为狎贤。"③这段叙述，很可以作为"谢公最小偏怜女，自嫁黔娄百事乖。顾我无衣搜荩箧，泥他沽酒拔金钗"等句的注脚。

韦氏死后，元稹写了不少悼亡诗，最有名的是三首《遣悲怀》。第一首是写她能安于贫困的生活。第二首是写她死后自己的伤怀。这里选的是第三首。

这首诗的整个意思是从上面引下来的。

第一、二句是说，当闲下来的时候，自己就禁不住思量。不单为你的夭逝而悲伤，也为自己的遭遇而慨叹。像我这个失掉一位贤淑的妻子的人，就算活了一百岁，又算得上什么？寿和夭反正不是一样吗？

韦氏生下五个孩子，仅仅养活了一个女儿。因此第三句"邓攸无子寻知命"，就用了一个典故，说这是命里注定的，也怨不得谁人。

第四句再用潘岳悼亡的旧事。意思说，我学着潘岳那样，写文章来悼念你，可是尽管写了许多话，还不是白费的，无济于事吗？

"同穴……"句说，自古说夫妻生则同衾，死则同穴。如今你先我而逝，同衾已是成为过去，只剩下同穴了；可是在那黑暗的地下又有什么值得向往的？

"他生……"句说，至于说来世再结姻缘，更是虚无缥缈，难以期待了。

上面一连下了六句，都是沉痛至极的话，说明他们夫妻之间的恩情异常深厚。所以，结末两句，就好像向他那已故的妻子盟誓似的：

唯将终夜长开眼，报答平生未展眉。

"终夜长开眼"，指的是鳏鱼。因为古人说："老而无妻曰鳏。"而鳏又是一种鱼的名字（李时珍在《本草纲目》里说就是鳡鱼）。鱼一般是不开眼的，所以"鳏鳏"又是形容瞪着眼睛睡不着的神情。这句话是说，我今后只有像鳏鱼那样，一辈子不再结婚，来报答你的恩情了。"未展眉"，从未开展的眉头，意说他的妻子从未有过快乐的日子。

如果单从诗来看，元稹对妻子的感情，可以说得上十分深挚，并且他还善于把这种感情用浅近流畅的艺术语言抒述出来。照理说，这些诗是能够打动读者的，假如读者不去寻根究底的话。

可惜，正如他对于崔莺莺的爱情那样，说他完全没有真情实意，似乎过分武断；说他的爱情真有那么坚贞，却更不是那么一回事。近人陈寅恪在《元白诗笺证稿》中，就指出说：

"所谓常开眼者，自比鳏鱼，即自誓终鳏之义。其后娶继配裴淑，已违一时情感之语，亦可不论。唯韦氏亡后未久，裴氏未娶以前，已纳妾安氏。……是韦氏亡后不过二年，微之已纳妾矣。"④

《遣悲怀》是哪一年写的呢？我们从白居易《白氏长庆集》卷十四里可以找到线索。这一卷有《闻微之江陵卧病……》诗，也有《见元九悼亡诗因以此寄》诗；更明显的是那首《答谢家最小偏怜女》诗，分明指出是元稹这三首《遣悲怀》。白居易在诗题下还注明："感元九悼亡诗因为代答三首。"诗里都是借用韦丛的口气。其中第三首有"闭我幽魂欲二年"的话,可见元稹写《遣悲怀》是在韦丛死后两年,亦即元和六年,那时元稹已被贬为江陵士曹参军,也正是"纳妾安氏"的时候。

"诗以言志",一般说是反映自己的思想感情的,但有时未必就不会夸大,也许元稹在悲哀的时候,的确有过这样一种想法,所以他才会这样写下来。然而一时情感冲动的话,是未必能够经得起事实的考验的。

①李绅此诗被引用分插在《董解元西厢记》卷一至卷四文中,但不全。而《全唐诗》仅录其开头八句。实在很奇怪。
②参见韩愈《昌黎先生集》卷廿四《监察御史元君妻京兆韦氏夫人墓志铭》《旧唐书·元稹传》。
③见元稹《元氏长庆集》卷六十。
④见陈寅恪《元白诗笺证稿》第四章。有人把"终夜长开眼"解为通宵不寐的痛苦煎熬。也可以说得通。读者不妨两存其说。

白居易

772—846年，字乐天，晚号香山居士。下邽（今陕西渭南北）人。新乐府运动的主要倡导人。闲适诗和讽喻诗是白居易特别看重的两类诗作，二者都具有尚实、尚俗、务尽的特点，但在内容和情调上却很不相同。早年所作讽喻诗，较广泛尖锐地揭露了时政弊端和社会矛盾。晚年诗文多怡情悦性、流连光景之作。有《白氏长庆集》。

轻肥

意气骄满路，鞍马光照尘。

借问何为者？人称是内臣。

朱绂[1]皆大夫，紫绶[2]悉将军。

夸赴军中宴，走马去如云。

尊罍[3]溢九酝；水陆罗八珍。

果擘洞庭橘，脍切天池鳞。

食饱心自若，酒酣气益振[4]。

是岁江南旱，衢州[5]人食人！

[1]朱绂（fú）系印用的红色带子。

[2]紫绶——绶，和绂是一样东西，只是颜色不同。

[3]尊罍（léi）——古代装酒的器具。

[4]气益振——神气更加不可一世，振，念平声。

[5]衢州——今浙江省衢江区。

唐代伟大的现实主义诗人白居易，住在长安时，把他耳闻目击的社会现象，写成了著名的《秦中吟》组诗。一共十首。在这一组诗里，诗人大胆地揭露了当时社会中存在的阶级对立及其尖锐的矛盾，指出在人祸天灾双重夹攻下，劳动人民面临的无比苦难。如赋税的额外征敛，迫得"幼者形不蔽，老者体无温"，天灾之后，甚至发生了人吃人的惨事。而封建统治者则"缯帛如山积，丝絮似云屯""厨有臭败肉，库有贯朽钱""尊罍溢九酝，水陆罗八珍"。大多数人在死亡线上挣扎，另一边少数人却过着荒淫无耻的生活。诗人面对这种使人悲愤的现实，不能不向封建阶级的统治集团表示极大的愤懑，并发出强烈的抗议。《秦中吟》这组诗就是这样写下来的。

这首诗是《秦中吟》组诗之一，它是针对那些只知醉生梦死地享乐、把人民生命视如草芥的达官贵族（主要是当权的宦官）展开攻击的（中唐以后的宦官，比历代宦官都要不同。详下）。诗中对于他们的糜烂发臭的生活，先加以形象性的描写，然后在最后两句里，用"是岁江南旱，衢州人食人"作为反衬，对比强烈，思想鲜明，具有极强烈的艺术效果。这是白居易所常用的也是成功的一种手法。

中唐时代的长安，虽然经过"安史之乱"和吐蕃入侵，受到两次严重的破坏，可是战乱过后，反动统治集团却并没有因此稍为振作些；相反，他们在剥夺和享乐方面，却还要和前代的统治者比赛高下。在长安，旧的第宅庭园荒落了，新的又一批一批的出现；旧的玩乐已经厌腻了，新的玩乐花样又代之而兴。对劳动人民的压榨剥削，更是一天凶似一天，巧取豪夺的名目，年年月月层出不穷。因此，长安还是一个在无数人民脂血之上累积起来的表面上十分繁华的帝都。那个时候，宦官掌握了大权，连皇帝的威严也开始受到他们的干涉。因此帝都之内，比所有臣僚都更为烜赫的，就是这些所谓"内臣"（太监）。诗人一开头提到的"意气骄满路，鞍马光照尘"的家伙，就正是这一批人物。

这批人物不仅掌握了政权，还掌握军权。本来，宦官统兵，是从肃宗时代以鱼朝恩监督神策军开始。神策军调驻长安，正式成为禁军，长安军权从此落在宦官之手。德宗时代对宦官更为重用，他们的头子不但掌握了禁军，还兼任枢密使。因此皇帝的统治权力，在军事上也落在宦官手里。诗中对这一情势是正面点出的，不但指出他们"朱绂皆大夫"，并且述是"紫绶悉将军"；他们既是官中的权力者，和朝廷中的高官，又是军队里的统领，所以他们又常常"夸赴军中宴，走马去如云"。

正因为宦官在当时是这种人物，诗人的矛头也就毫不犹豫地指向他们。诗的开头八句，通过他们在大街上疾驰的气势，通过路人的一问一答，写出了在群众眼中他们的既可鄙又可恨的丑恶形象。诗人特意把宦官作为描写的对象，在这里是有时代的典型意义的，也是击中要害的。

"尊罍溢九酝"以下六句，进一步具体地写出这批人物的奢侈淫逸。他们杯中有最名贵的美酒（所谓九酝，汉代已经见于著录。曹操有《上九酝酒法奏》，据他说是得自南阳人郭芝的秘传），盘中有水上陆上各种珍馐；还有来自洞庭（指太湖中的洞庭山）的橘子，网自天池（即海）的鱼。所有这些，都不知费尽多少劳动人民的血汗。而这批权贵，在饱食以后，显得那么安闲自在，喝醉之余，骄横的神气也更使人难耐了。在这里，诗人句句铺张豪华，但句句都是极端鄙视。我们仿佛可以看到诗人对他们的横眉冷眼，感到诗人燃烧的满腔怒火。

刻画了这批人物的嘴脸以后，诗人就从另一角度告诉我们一个惊心动魄的事实："是岁江南旱，衢州人食人！"原来老百姓已经到了这样凄惨的地步，可是另一面那些权贵们却半点也无动于衷，依旧过着如此荒淫无耻的生活！这是一种什么样的时代？诗人不禁要向千万个读了这首诗的人发出质询，并且迫使读者自己去寻求解答。

如前所述，当时宦官是掌握军政大权的反动统治集团最上层人物，气焰嚣张，不可一世。可是我们的诗人却敢于正面加以攻击。像这一首诗，简直指着他们鼻子痛骂。它在当时权贵中引起的震动，无疑是很大的。后来诗人给他的朋友元稹的信中，也说到"闻《秦中吟》，则权贵豪近者相目而变色矣！"由此可见诗人的战斗性格是何等鲜明。

钱塘湖春行

孤山寺北贾亭西[1]，水面初平云脚低。

几处早莺争暖树，谁家新燕啄春泥。

乱花渐欲迷人眼，浅草才能没马蹄。

最爱湖东行不足，绿杨阴里白沙堤。

[1]孤山——在西湖后湖和外湖之间，风景秀丽。贾亭——唐代贞元年间，贾全做杭州刺史时在西湖建的亭子，不久即荒废。见《唐语林》。

题目是《钱塘湖春行》，要在诗里点出钱塘湖（今杭州西湖），不难；要写出春景，也不难；但要写出是春行，却不是轻而易举的事情，很容易"春行"会变成"春景"——春是有了，行却没有了。

有人说，写出春行有什么困难，诗中不是分明有"最爱湖东行不足"的句子么！

依我看不是那么简单。要真正写出春行，不应该满足于一般行动的叙述，而是要在情景交融的描写中，把境界一步一步向前开拓，使读者分明感觉到诗人正在一面走着，一面欣赏眼前景色。如看宋代名画《清明上河图》，画家并没有站出来给你做向导，可是通过那巧妙的布局，欣赏者却分明服从画家的指引，逐步从城外走向城内，一一浏览了汴京的风物。诗要写出春行，光依靠"行行重行行""一去二三里"的叙述方法，是远远不够的。以本诗来说，是否写出春行，不在于已经说到"最爱湖东行不足"，而在于有没有创造出使人感觉得到的春行的境界。

诗的第一句点出钱塘湖，第二句点出春天。"水面初平"是湖水初与堤平，春水初生的景象。"云脚低"也是春天乍晴乍雨常见的景色。这都不必细说。

下面四句就着重写出"春行"所见了。

"几处早莺争暖树"——天气暖和了，有几处树上都听见了黄莺清脆的歌声。它们唱得此起彼落，前呼后应，就像是为了多占一些阳光而争吵起来，"你们在吵闹些什么呀！"诗人的心头和嘴角都浮起了笑意。

"谁家新燕啄春泥"——转过眼来，双双燕子迎风飞掠，衔着泥草，忙着筑巢。我们的诗人对它们又发生了兴趣："你是定居在哪一家门庭的燕子呵！"忍不住停下脚步来，要看它一个究竟了。

"乱花渐欲迷人眼"——越往前走，花也越多起来，树上是花，地下也是花，这里是一丛花，那边又是一丛花，各种各样的姿态、颜色、香味——这才叫作"乱"，这就连眼睛也给闹得乱起来了。

"浅草才能没马蹄"——还有，地上那些绿茸茸的芳草，也同样令人满意，长得不长不短，就像铺开了一张毯子。马儿在上面走，刚好只能掩没马蹄。

这四句诗，初看起来，一是莺鸣，二是燕飞，三是花繁，四是草浅：好像都不过是春天的景色。但是仔细寻味，每一句都包含着诗人的感受在内。合起来看，诗人一路之上赏心悦目的情景又如在目前。这就恰好是写出了春行而不只是描画春景。

读者试把第三句的"几处"两字去掉，把第四句的"谁家"两字去掉，看是不是就有所欠缺。我看删掉这四个字，这两句就变成了春景，不再是春行了。又试把第五句的"渐欲"两字去掉，第六句的"才能"两字去掉，看又是什么样子。我看同样也传达不出春行中那种赏心悦目的神情。再吟味一下：那么，"几处"是顾盼的神情，"谁家"是疑问的口气，"渐欲"暗示了缓缓行进，"才能"写出了心里的掂量。不止有景，更是有情。可见它们都很重要。诗人苦心推敲的，有时正是这些带关键性的字眼。

最后，诗人用咏叹来加以收束：最值得留恋的、观赏不尽的是湖东的景色——也就是"绿杨阴里白沙堤"一带的景色。

八句诗，两起两收，中间四句铺陈。结构紧密，章法整齐。

清人赵翼《瓯北诗话》说："（白居易诗）无不达之隐，无稍晦之词，工夫又锻炼至洁。看是平易，其实精纯。"我们细读白居易的诗集，可知这并不是泛泛的恭维，拿这一首诗来说，就足以当得起这几句评语。（自然，白居易有些诗也是比较粗率的，这里不能详论。）它平易自然，并没有晦涩的语句，流丽条畅，完全不见斧凿的痕迹；但是，平易却不流于粗浅，条畅也不陷于浮滑。而且越是寻味下去，越能发现作者在锻炼字句上所下的功夫，只因为锻炼得精纯，所以才显得毫不吃力，毫无做作。正如优秀的戏剧演员，处理难度很大的动作能够雍容不迫，游刃有余，使人只感到美而忘了其中包含的难度。

白居易平时是"力学不知疲，读书眼欲暗，秉笔手生胝"。（《白氏长庆集·悲哉行》）他写诗也是"涂改甚多，竟有终篇不留一字者"（《随园诗话》引周元公的话）。这和演员"台上一见，台下三年"的苦练，也没有什么不同。

许浑

字用晦，一作仲晦，润州丹阳（今属江苏）人。晚唐最具影响力的诗人之一，专攻律体；题材以怀古、田园诗为佳，艺术则以偶对整密、诗律纯熟为特色，多为登高怀古之作。有《丁卯集》。

秋日赴阙[1]题潼关驿楼

红叶晚萧萧，长亭酒一瓢。

残云归太华，疏雨过中条。

树色随关迥[2]，河声入海遥。

帝乡[3]明日到，犹自梦渔樵。

[1]赴阙——前往京师。

[2]迥（jiǒng）——遥远。

[3]帝乡——指京都长安。

潼关，横在陕、豫两省之间，是从洛阳进入长安必经的咽喉重镇。不要说车水马龙，就是历代诗人路经此地写下的诗，恐怕也很难计量。它不但形势险要，那景色更是动人。直到清末，谭嗣同还写下他那"河流大野犹嫌束，山入潼关不解平"的名句。那就可知它在诗人心目中的位置了。

许浑这首诗应该是早年的作品，因为他是从故乡润州丹阳（今江苏丹阳县）第一次到长安去的。潼关的形势和景色，显然深深吸引了他的注意，也引起他的诗兴。

我们读唐人的律诗，常觉满眼都是写景的句子。这些景句，当然有好也有不好，研究起来也够复杂。有些，貌似雄壮而实是空泛；有些，看似奇峭而实则粗硬；有些却是貌似寻常而实饶深意；也有些是看似平直而别具气势的。

许浑这首诗好处正在中间那四句。固然开头就开得好，收结也优游不迫，显出身份。

开头两句之所以好，是作者先勾勒出一幅秋日行旅图，把读者引入一个秋浓似酒、旅况萧森的境界。看它"红叶晚萧萧，长亭酒一瓢"，便显出客子在征途中的况味。上句用写景带出人物，下句用叙事透出旅况。用笔干净利落。然后，就放开手去大笔描绘四周的景色。

中间这四句显然是潼关的典型风物。向南看，是主峰高达二千四百多米的西岳华山；向北看，隔着黄河，又可见连绵苍莽的中条山。写这两座山并不高明，高明在拿"残云"再加"归"字来点染华山，又拿"疏雨"再加"过"字来烘托中条山，太华和中条就不是死景而是活景，因为其中有动势——在庞大的沉静中显出一抹好看的动态。

把眼睛略收回来，就又看见苍苍树色，随着关城一路远去。关城之外便是黄河，它从北面奔涌而来，就在潼关外头猛地转一个身，径向那举世闻名的三门峡冲去。咆哮的河水当然是流出渤海，可以想见，那河声也一直随着出海的。句中着一"遥"字，可见诗人站在高处远听的神情。

一首律诗，连用四句景句，可以显得臃肿杂乱，使人生厌；也可以安排得像巨鳌的四足，缺一不可。这要看作者的本领。上面这四句写潼关，风景是活的，是不可移换的。

写到这里，忽然想起盛唐一位有名的诗人崔颢，他也来到潼关，写了一首五律，题目叫《题潼关楼》：

客行逢雨霁，歇马上津楼。

山势雄三辅，关门扼九州。

川从陕路去，河绕华阴流。

向晚登临处，风烟万里愁。

这首诗的结构同许浑一样。中间四句写景，初看颇为雄壮，也实实在在是眼中景色。但是仔细寻味，就会觉得它雄壮得来没有味道。为什么呢？不妨给它推敲一下。

这四句诗，一句是说，山势雄峙于三辅①地区；一句说，关门控扼着九州之险；一句说，平川从陕路中伸展开去；一句说，黄河绕华山之北而流。只要仔细一琢磨，就不难发觉这不过是作者在指划山川地理，像老师给学生介绍潼关的四边形势。我们是在课堂上听地理课，山河、关城、陕路，看来都有形状，但却是死板的，没有血肉，没有诗的形象。所以，它貌似雄壮而实在缺乏神采，不能引起我们产生诗意的感觉。

"帝乡明日到，犹自梦渔樵。"一方面，切定自己还在潼关。照理说，离长安不过一天路程，作为入京的旅客，总该想着到长安后便要如何如何，满头满脑盘绕"帝乡"去打转子了。可是许浑却出人意外地说："我仍然梦对故乡的渔樵生活呢！"暗示了自己并非专为追求名利而来。这又是另一个方面。这样结束，也是颇为自己占身份的。

①三辅——汉代在首都长安及其附近设三个行政区，其长官称京兆尹、左冯翊、右扶风。其地合称三辅。

徐凝

睦州（今浙江建德）人。穆宗时，曾至杭州谒白居易，白赏其《庐山瀑布》诗，首荐其入京应进士试。诗以七绝见长，风格简朴，亦工书。有集不传。

忆扬州

萧娘脸下难胜泪，桃叶眉头易得愁。

天下三分明月夜，二分无赖是扬州[1]！

[1]杜甫《奉陪郑驸马韦曲二首》："韦曲花无赖，家家恼杀人。"本意是可爱，反说它无赖，无赖正是爱惜的反话。

扬州在唐代是个交通大站，又是商业集中的都市。它那繁华热闹，在东南算得上首屈一指。《唐阙史》记载说："扬州胜地也。每重城向夕，倡楼之上，常有绛纱灯万数，辉罗耀烈空中。九里三十街中，珠翠填咽，邈若仙境。"写得虽然简略，那盛况已见一斑。沈括《梦溪笔谈补》也说："扬州在唐时最为富盛。旧城南北十五里一百一十步，东西七里十三步。可纪者有二十四桥。"扬州不仅白天是热闹的，晚上的景色尤其迷人：万家灯火，争辉并照，满城丝竹歌舞，乐声沸天。再趁上月明之夜，灯月交辉，游人们摩肩接踵，到处可以看到歌舞演出，在灯影月华的笼照下，表演者简直就像翩翩仙子。这种情景，给人的印象太深刻了，唐时到过扬州的人，常常在事后还长久保持着美好的回忆。

诗人杜牧曾经留下一首动人的绝句：

青山隐隐水迢迢，秋尽江南草未凋。

二十四桥明月夜，玉人何处教吹箫？

——《寄扬州韩绰判官》

本来他早已离开扬州，但在写诗寄给朋友的时候，首先要打听的就是扬州那使人迷恋的景色。

张祜也有一首七绝是著名的：

十里长街市井连，月明桥上看神仙。

人生只合扬州死，禅智山光好墓田。

——《纵游扬州》

写了一笔扬州的热闹以后，笔锋一转，却想到死在扬州是最惬意的，最好是在附近的禅智山上先买好一块墓地。对扬州的赞美，也可以说得上是别开生面了。

徐凝的诗名赶不上杜牧和张祜，尤其是苏东坡说他的"今古长疑白练飞，一条界破青山色"（《庐山瀑布》）是"恶诗"以后，他的诗名更加受到贬损。可是，我却很喜欢他写的《忆扬州》，从艺术技巧来说真有它的特点。

这首诗妙在用说反话的手法来反衬出扬州的可爱可念。

你看他第一句："萧娘脸下难胜泪。"萧娘在唐人诗中，常指的是一般少女。诗人的原意本来是想说，扬州的女孩子们是够逗人喜欢的，她们挂着笑脸儿，一派无忧无虑的样子。可是他偏偏不这样说，反而说她们的脸上是藏不住眼泪的。

第二句也同样，本来他的意思是说，在桃叶——原是晋代王献之的姬妾的名字，转成了少女的代称——的眉梢眼角上，看不出一丝儿愁闷的神气。他不这样说，偏又说她们很容易引来一天愁闷。这就正如把可爱说成是"可憎"，互相亲爱的人说成是"冤家"，把深爱深怜说成是"恶怜"一样，故意贬低它，其实是尽量抬高它。

这不见得不可理解。诗人在事后想念扬州，在他的记忆之中，最强烈的自然是扬州的美好事物。他不会尽情展开一幅女孩子们愁眉苦脸泪眼向人的影像，作为忆念扬州的主要内容。这是凭常识就可以知道的。其实，运用了这种反话的手法，诗里的情味似乎显得更为浓烈，

打动人的力量也更加强烈了。^①

更出色的还在末后两句。它还是使用了同一手法。

离开扬州已经多年了，如今是在另外一个地方生活。同是月明如水的深夜，然而四周是多么冷落。月亮瞧着这位诗人，好像看见一位陌生之客；诗人呢，也觉得月亮根本不是从前在扬州的月亮，它凄凄楚楚，黯淡无光。这时候，他猛地回忆起在扬州那段热闹：扬州那一轮皓月，是伴着萧娘、桃叶的一颦一笑出现的，是伴着扬州满城的急管繁弦出现的；教吹箫的"玉人"和二十四桥上翩然起舞的艺人们沐浴在雪白的光华底下，越显得是置身在琼楼玉宇之中了。那时候的月亮呵，兴高采烈，光芒四射，给扬州平添了万千异彩。

"呵！扬州的明月，你真是太美了！想起了你，别的地方的月亮简直是黯然无光。"

然而诗人却不愿意就照这个面貌来描写。他宁可转换一个方式：

天下三分明月夜，二分无赖是扬州！

扬州呵！你是够无赖的了，你竟把天下三分之二的月亮的光华都霸占去了！

这真是使人为之震惊的构思！试想一下，自从天上出现了明月以来，谁曾拿她这样地划分过？又有谁曾这样拿她评判过呢？"三分天下有其二以服串殷。"这是《论语》里的话，是吹捧周文王的。它并没有半点诗意。而徐凝这个"三分之二"，不但是诗意的，而且是新奇的。连月的光亮也可以划分成三块，两块在扬州，一块留给其他地方。这是多么浪漫的构想,而又多么切合诗人此时此地的思想感情。他给物象染上了浓浓的诗意,从而把要说的千言万语凝练压缩在一句话里。

假如月亮是有感情的,她听到诗人这样的朗诵,也许会展开她那动人的笑靥吧!

①你可以说,那不过是指那些女孩子易哭易笑,容易动感情罢了。这么说也未尝不可以,但切不要死看了。

杜牧

803—853年，字牧之，京兆万年（今陕西西安）人。杜牧的诗歌以七言绝句著称，诗文中多指陈讽喻时政之作。小诗写景抒情，多清俊生动。其诗在晚唐成就颇高。有《樊川文集》。

江南春绝句

千里莺啼绿映红，水村山郭酒旗风。

南朝四百八十寺，多少楼台烟雨中？

这首绝句，按说不难理解，可是前人也曾发生过争论。这里先把这个争论介绍一下，然后再谈这首诗。

"千里莺啼绿映红，水村山郭酒旗风。"这两句本来好懂，可是明代文艺批评家杨慎怀疑过。他在《升庵诗话》里说："千里莺啼，谁人听得？千里绿映红，谁人见得？若作十里，则莺啼绿红之景，村郭楼台、僧寺酒旗，皆在其中矣。"这话说得实在没有道理，因此清人何文焕在《历代诗话考索》中就反驳他。何文焕说："即作十里，亦未必尽听得着，看得见。题云'江南春'，江南方广千里，千里之中，莺啼而绿映焉。水村山郭，无处无酒旗，四百八十寺，楼台多在烟雨中也。"此诗之意，意既广不得专指一处，故总而命曰江南春，诗家善立题者也，何文焕这一驳是驳得对的，可是，他对于诗人的立题命意，仍然没有真正了解。

为什么说他没有真正了解？因为这首诗并不是泛写江南山水，何文焕还是把后面两句看错了。

这首诗如果按照旧的分类法，也许可以放入讽喻类。它和刘禹锡写《乌衣巷》不同的是概括得更广，意思也更含蓄一些。

诗一开头，就从整个江南着笔。用简练的手法，十四个字就把江南风景概括起来：千里江南到处是莺啼鸟语，到处是绿叶红花，到处是水村山郭。在浩荡的春风中，酒旗飘拂，一片明媚的景色，一片生活的欢乐。它不仅仅是写眼中所见和耳内所闻，它其实是整个江南地区风物的浓缩的描写。所以句中"千里"二字，是不能够改动的；如果改成"十里"，那就不仅是境界大大缩小的问题，而且远远离开了作者的原态了。为什么这样说？让我们再看下面两句：

"南朝四百八十寺，多少楼台烟雨中！"把这两句看作写景，这正是杨升庵、何文焕粗心之处，因为这两句目的在乎抒情而不在乎写景。我们绝不可以死扣楼台烟雨的字面，认为诗人只是在赞美江南景色。

南朝几代的统治集团，从皇帝到世家大族，大都迷信佛教。他们在江南大兴寺宇，不仅数量空前，而且穷奢极侈（"四百八十寺"大抵是当时通行的说法；据梁朝郭祖深说"都下佛寺，五百余所"），浪费的人力物力，真不知有多少。尽管这样求庇于佛，他们的政权却不能持久，转眼之间，一个个覆灭得一干二净。如今，不但旧苑荒台，不堪入目，就连寺宇也徒然成为后人凭吊的陈迹了。所以，诗人才禁不住说出这样的话：你们南朝费尽人力物力，建筑了这么多的佛殿经台，它们至今还剩下多少掩映于烟雨之中？而你们的朝廷又到哪里去了？这句感叹的询问，吐露了诗人对于一面向人民无穷榨取、一面疯狂佞佛的封建反动统治者的冷嘲。

当然，这首诗也并非和诗人当时的社会现实没有关系。唐代帝王和许多达官贵人，也不是佞佛便是信道，或佛道兼崇，害民虐政，并不比前代逊色多少。诗人在慨叹南朝覆亡之中，分明还有弦外之音，也许吊古之情还是次要的吧。

历朝的封建统治都逃不了覆亡的命运；然而，千里莺啼，红绿相映，江山依旧健在。水村山郭，酒旗摇风，人民也依旧顽强地生活下去。诗题叫作《江南春绝句》，也很值得我们寻味。

泊秦淮

烟笼寒水月笼沙，夜泊秦淮近酒家。

商女不知亡国恨，隔江犹唱后庭花。

　　秦淮河，南京一条穿城而过的河道。据说开凿于秦始皇时代。经过历代诗人墨客的品题，它的名字早已无人不晓。大抵自东晋、南朝相继建都建康（今南京）以来，秦淮就成为游赏之地，酒楼画舫，笙歌聒耳。贵族富豪们经常在这里纵情声色。所谓"南朝金粉"，其中就少不了秦淮的一份儿，唐代的情况自然也不会逊色很多的。

　　然而杜牧毕竟是个头脑比较清醒的士大夫知识分子，和"那些莺颠燕狂，关甚兴亡"（《桃花扇》第二出）的醉生梦死的小人物不同。他看到唐代封建统治势力摇摇欲坠，看到封建统治集团的腐朽昏庸；阶级矛盾的尖锐和社会的动荡不安，更使他预感到前景的可虑。因而他来到表面上还是一片繁华的秦淮河上，不但没有感到欢乐，反而引起满胸愁绪。这首诗就是在这种心情底下写出来的。

　　"烟笼寒水月笼沙"，乍一看只是写景，其实只写景，也同时写出了诗人此际的思想感情。写景和写人同放在一句话里，这是旧体诗中常见的技巧。有时表面上是写景，实际上更主要是为了写人。诗人下这七个字，用意正在映衬出诗人此时此际的心情。烟和寒水，月和沙，用两个"笼"字联结起来，便形成满眼萧瑟冷寂的感觉。可见"笼"字下得十分讲究，它正好恰切地映衬出诗人的满怀凄感。其实当年的秦淮河，是不是这么一片凄冷？我看不见得。它不是还有许多酒家，许多歌女在活动吗？换上另外一个诗人，也许笔下还十分热闹呢！

　　第二句"夜泊秦淮近酒家"，一方面补足了第一句，另一方面引出了下二句。从次序来说，应该是"夜泊秦淮"才看出"烟笼寒水月笼沙"的景象，但由于首句要强烈突出，所以人物、时间、地点，在第二句才点明。这也是旧体诗常用的手法。但是第二句的任务仅仅如此，又不免浪费笔墨，因而诗人又要它多担负一重责任，即为下面两句开路。而这个责任就放在"近酒家"三个字上。由于近酒家，所以才听到商女唱《后庭花》曲，下文就不会显得突兀。可见虽然仅仅七个字，诗人在安排上仍然费了一番斟酌。

第三、四两句是正式点出作意。不过诗人讽刺的对象并不是歌女。他在艺术技巧上，用的是映射法。是的，商女是在唱着亡国之音（《玉树后庭花》是南朝最后一个亡国皇帝陈叔宝作的乐曲，他又和一班臣僚写了歌词，内容艳冶淫荡，充满了色情成分），可是这怎么能怪商女呢？如果没有喜欢这种淫荡的曲子的醉生梦死的达官贵人，她们会自己唱出来吗？更何况，商女不知道亡国恨还可以理解，那些达官贵人，身负天下安危之责，还是这样醉生梦死，那就不可宽恕了。诗人的矛头对准的正是这些欣赏着"死亡的舞蹈"的家伙，愤慨是深广的，不过表面上比较含蓄而已。

四句诗里，我们可以看出诗人从悲到愤的思想感情的变化。起初，他吩咐把艇停泊在僻静的地方，独自看着秦淮夜色，情绪是苍凉悒郁的，那是平日积累下来的对时局忧念的反映。然而，当他看着看着，耳边忽然又飘来一派靡靡之音，使他想起陈叔宝那批亡国君臣，也联想到眼前可悲的政局，于是再也忍不住那满腔愤火了。"商女不知亡国恨，隔江犹唱后庭花"两句，就像脱手而出的长矛，狠狠地击在目标上。从起到结，充分显出诗人感情的起伏变化。

杜牧自是中唐一位有名的诗人，但他自己是不甘心以诗人自居的。《新唐书》说他"刚直有奇节，不为龌龊小谨。敢论列天下事。指陈病利尤切。自少与李甘、李中敏、宋祁善，其通古今、善处成败，甘等不及也。牧以疏直，时无右援者。从兄悰，更历将相，而牧困踬不自振，颇怏怏不平"。他其实是个有志于改革朝政的人，对政治和军事问题都有研究，曾注解《孙子十三篇》但他的学问并没有得到应用，心情悒郁，有时就寄情酒色，写出"十年一觉扬州梦，赢得青楼薄幸名"这类诗句来，看似颓废，其实是愤激之辞罢了。他临死时，"取所为文章焚之"。所以我们今天看到的，不过是它的残余。至于他在诗中透露的用世之意、兴亡之感，若不是全面观察他的为人，也许难免会错会他的用意的。

赤壁[1]

折戟沉沙铁未销，自将磨洗认前朝[2]。

东风不与周郎[3]便，铜雀春深锁二乔。

[1]赤壁——三国时吴蜀联军大败曹操军队的地方。其地说法不一。一般认为就在湖北的蒲圻县。

[2]前朝——前几个朝代。指三国时代的吴国。

[3]周郎——即吴国大将周瑜。

宋人许彦周在所著诗话中对本诗有这样的批评:"杜牧之作赤壁诗,意谓赤壁不能纵火,为曹公夺二乔置之铜雀台上也。孙氏霸业系此一战。社稷存亡、生灵涂炭都不问,只恐捉了二乔,可见措大①不识好恶。"他这个"可见"是从字面上了解这两句诗而来。要评判他这个"可见"是否正确,非得弄清楚作者的真正用意不可。

有两段话可以帮助我们思考:

"诗人之词微以婉,不同论言直遂也。(按,即不同于写论文那样平铺直叙。)牧之之意,正谓幸而成功,几乎家国不保,彦周未免错会。"(见何文焕《历代诗话考索》)

纪昀也说:"大乔乃伯符之妻,仲谋之嫂;小乔乃公谨妻也。宗社不亡,二人焉得被辱? 全不识诗人措词之法矣。"

驳得很好! 对我们阅读类似的诗词都有所帮助。

这首诗的前二句,是虚构还是事实,很难确定。也许诗人真的在赤壁江中获得一把断戟,磨洗以后,认出是几百年前的旧物,因而引起怀古幽情;也许诗人是借此作为发端,并非自己有这段事实。此事无关大体,可以不必硬做索隐。全诗精神所注,只在后面两句:"东风不与周郎便,铜雀春深锁二乔。"说明赤壁之战,是三国之所以鼎足分立的关键,关系重大,非同小可。这自是一首带有议论性质的抒情诗。然而作者并不是直接地去作史论,他是在作诗,运用的是形象思维,通过形象的典型意义来表达自己的看法。作者是在说,如果不是赤壁之战击退了数十万曹兵,那么,很明显的,孙权的霸业就要落空,而三国鼎足之局也不会出现了。由于抒情诗不同于"论言直遂",所以诗人才运用了"东风……铜雀……"这样形象性的语言,而这是获得艺术效染所需要的。如果仅仅按照字面上来解释,就难免要许彦周那样,认为作者"只恐捉了二乔",其是"措大不识好恶"了。

江东的孙氏政权不亡,二乔便不会受辱,而二乔受辱则正好说明了孙氏政权的灭亡。如鲁迅先生用"城头变幻大王旗"形象地来概括军阀势力的忽分忽合、忽兴忽灭一样。在诗里,"大王旗"是作为军阀的特征而出现的;而"锁二乔"则是作为东吴政权覆亡的特征而出现的。

只有这样理解这两句诗,我们才不至于误认作者的一双眼睛只是盯在二乔身上。

把诗和论文分别开来,不论是写诗还是读诗,都是很重要的。

韩愈有个朋友叫皇甫湜(shí),韩愈曾笑他的诗是"皇甫作诗止睡昏"的。有一回,皇甫湜看到诗人元结写的《大唐中兴颂》(这是唐代一篇较有名的碑文,刻石在祁阳县浯溪,颜真卿书),就写了一首《题浯溪石诗》。诗的开头是这样的:

次山有文章,可惋只在碎。

然长于指叙,约洁有余态。

心语适相应,出句多分外。

于诸作者间,拔戟成一队。

……

我们不妨把它"还原"成为古文，那不过是这样的几句话：

次山能为文章，惜伤于碎耳。然长于指物叙事，约而洁，且有余态。其心之所欲言者，其笔适能达之。出句亦多不落寻常蹊径。于诸作者之中，可谓能拔戟自成一队者矣。

可见这是道道地地的论文。尽管把它弄成每句五字，加上押韵，仍然不是诗，起码不算是好诗。只能说是"押韵之文"罢了。

诗歌应该注意形象思维，运用比和兴的手法，或比兴兼用。赋体当然也可以，但还是要注意形象的运用。而皇甫湜这几句，却连比、兴、赋都不是。固然，诗中可以插入议论，表示作者对某种事件的态度，可是纯然只有议论，一点可以把握的形象都没有，尽管用了诗的格式，还是不能算是真诗的。

难怪南宋严羽在《沧浪诗话》里深有感慨地指出："近代诸公，乃作奇特解会，遂以文字为诗，以才学为诗，以议论为诗。夫岂不工？终非古人之诗也。盖于一唱三叹之音，有所歉焉。"

①措大——即穷措大，对书生的贬称，这里指杜牧。

山行

远上寒山石径斜，白云生处有人家。

停车坐爱枫林晚[1]，霜叶红于二月花。

[1]坐——这里的"坐"要作"因为"解，不作"坐着"解。

一般说，这不过是一首吟山赋水的诗，诗人在山行的途中，到了一个地方。远处的秋山可以看见一道盘旋屈曲的石径向上伸展。山顶上，白云掩映，变幻万千，还隐约看得见几家竹篱茅舍。近处，山路上有一大片枫树，鲜红的叶子像一簇簇花球似的吐出娇艳的颜色。于是诗人把车子停了下来，流连不舍地欣赏着。

这不能算是太了不起的景色。可是，不知道诗人是不是别有感触，这样普通的山行绝句，却以动人的、发人深思的七个字"霜叶红于二月花"，惊动了后世的读者。

一首好诗，往往寓意深远，蕴蓄着丰富的生活内容和思想内容，使人读了以后，产生许多深沉的联想或想象：有时候，这种联想或想象往往还超出原作者的本来创作意图之外。这好比诗人用他的劳动建造了一座花木掩映、亭榭参差、曲径幽深的园林，人们越走进去，就越会发觉许多从外表上没有看到的景致，就越会发现里面蕴藏着的丰富内容和它在安排布置上的精细巧妙。还有，作者随手点染的几座石山，也许并不经意，而在游览的人看来，却分明是自己所熟悉的某个名山胜景，从而获得意外似的喜慰。所有这些，正是通过作者对生活的深刻的理解和思考，并把它加以高度的集中、凝练和概括的结果。不仅一首诗是这样，有时就是一句诗，看来仅仅几个字，由于概括得更精练，涵蕴得很丰富，也能够产生同样的效果。这里的"霜叶红于二月花"，就正是这种内涵丰富、发人深思的句子的一例。

本来，枫叶的颜色比红花显得更浓烈，是谁也感受得到的；它没有在春天和群花争艳,却在秋天呈现芳姿,这也是人们熟知的事实。可是,过去就没有诗人把这两层意思联系起来,组成诗句。有的也只是像"一声南雁已先红"或"似烧非因火,如花不待春"之类的句子而已。然而,一旦给予枫叶以花一般的气质,并且让它和春花比较起来,组成"霜叶红于二月花"这样的警句,于是枫叶的独特性格和它被赋予了的感情内容就十倍地丰富起来。如同传说中的古代炼丹术士一样,拿水银和另外些矿物结合,就炼出了光华灿烂的黄金,使人惊奇于作者高明的构思和运用的手法。因为从这句话里,我们不单看到枫叶在色彩上、性格上的特色(比花还红,比春花还耐得住秋霜的磨炼),更由于这句话蕴蓄的丰富饱满,还能使我们引起许多生活上的联想。

诗歌中的警句一般都具有这种特色,正如几块怪石使人看来宛似巨峰插天一样,我们常常会把这些警句单独抽出来,拿它和社会生活现象相联系,从而形象地去说明某些社会生活现象。例如我们就常常把毛主席诗词中的"红旗漫卷西风""江山如此多娇""风景这边独好"等名句运用到说明其他的生活事件上,使人们对于这些生活事件有着更为形象更加亲切的理解。杜牧的"霜叶红于二月花",也有类似的作用。例如茅盾同志的一部小说,就正是借用了这句诗作为它的题名的(这部小说的题名只改了一个字:《霜叶红似二月花》)。

研究唐诗的人大抵都会知道:杜牧笔下的秋天,和古代一般诗人笔下常见的秋天有点不同。杜牧极少悲秋、叹秋的作品;反之,他对秋天经常是喜爱、欣赏的。他的诗集中,下面的句子都可以看出这种特色:"川光初媚日,山色正矜秋""秋山暮雨闲吟处,倚遍江南寺寺楼""南山与秋色,气势两相高""秋半吴天霁,清凝万里光""溪光初透彻,秋色正清华""大暑去酷吏,清风来故人"……把秋天写得这样清旷明净,这样朗爽高华,在唐代诗人中还是不多见的。

这首《山行》写秋景也一样。虽然只是秋山中的一角,却显出一片生机活泼,完全没有一般诗人笔下常见的萧瑟飘零的感觉。这是一种健康的感情,它和人民大众的乐观向上的精神有着相通之处。它为人民所喜爱、传诵不是偶然的。

李商隐

约813—约858年，字义山，号玉谿生，怀州河内（今河南沁阳）人。因受牛李党争影响，遭排挤而潦倒终身。擅长律、绝，富于文采，构思精密，情致婉曲。其诗构思新奇，风格秾丽，尤其是一些爱情诗和无题诗写得缠绵悱恻，优美动人，广为传诵。然有用典太多、意旨隐晦之病。有《李义山诗集》。

重过圣女祠

白石岩扉碧藓滋，上清沦谪[1]得归迟。

一春梦雨常飘瓦，尽日灵风不满旗。

萼绿华[2]来无定所，杜兰香[3]去未移时。

玉郎会此通仙籍[4]，忆向天阶问紫芝[5]。

[1]上清沦谪——道家认为天上有太清、玉清、上清，是仙人居住的地方。沦谪是仙人因有过失而被贬谪到人间。

[2]萼绿华——仙女的名字。见《真诰》。

[3]杜兰香——仙女的名字。见《墉城仙录》《搜神记》。

[4]玉郎——仙人名。见《云笈七签》。通仙籍——入了仙人的名册。

[5]紫芝——传说中植物名。道家认为吃了可以成仙。见《茅君内传》。

　　李商隐是晚唐一位著名诗人。他的诗以工丽绮美见称。他善于运用典故，组织语言，常常把纤微繁复的事象和意念，通过巧妙的剪裁典故、修饰语言而重现出来，构成意境迷离、色彩斑斓、寄意深微之美。其中的"无题"或类似无题的近体更能充分显示这种特色。

　　但正因如此，他这一类型的诗歌，常常不容易得出确解。翻开他集子的第一首《锦瑟》，再看各家的笺注，竟使人有莫知所从之感。三百多年来，笺李诗的家数虽然不少，各申己见，异说纷纭，不能不是作者这种深曲隐晦的手法造成的结果。

　　我们自然尊重这些对李诗苦下功夫，企图扫开迷雾，为读者方便着想的人。例如清代的冯浩，近代的张采田，都曾付出很大的劳动量。他们都本着"知人论世"的宗旨，从考究李商隐的生平入手，写成年谱，然后笺释作品。路子当然是对的。

　　然而"知人论世"毕竟只是一种手段，这种手段运用得对头，当然很好；如果运用不好，便会变成自造一个僵硬的套子，不仅对作品没有好处，反而损害、摧残了作品，并且还把读者引到歧路上去。这却是值得注意的。

　　"知人论世"也会成为套子？乍听这话一定有人觉得奇怪。

　　李商隐的事迹，史书上本来留下不多。《旧唐书》不过五百多字，《新唐书》还更简单。可是《旧唐书》里有几句话，却成为后代一些笺注家的陷阱。这几句话是：

　　"令狐绹作相，商隐屡启陈情，绹不之省。弘正镇徐州，又从为掌书记。府罢入朝，复以文章干绹，乃补太学博士。"

就因为这几句话，于是令狐绹的鬼魂就凭空出现，变成某些人在笺注李诗时的"不治之症"了。

就拿张采田的《玉溪生年谱会笺》来说吧。由于有了令狐绹这个鬼魂，他面对一部《李义山集》，整天疑神疑鬼，在不到六百首的李诗中，竟然以为八十多首是牵涉令狐绹的。十多年间，李商隐不是想令狐绹，便是怨令狐绹，不是向令狐求情，便是向令狐剖白。真不知李商隐到底负了令狐家多少债，非得这样清偿不可，这除了坐实李商隐的"放利偷合"，毫无人格之外，还能有什么？

然而他还振振有词说这是"知人论世"。不知在考据诗人生平时已安上套子，离其真"知人"已远了。

就因为有了令狐绹这个鬼魂，不仅"知人论世"出了问题，连解释诗句也不按常规，而陷于自相矛盾。

这首《重过圣女祠》仅仅是其中一例。

这首诗本来是不难解的。

圣女祠，旧注上说是陕西武都秦冈山悬崖上一块似女子的神像，俗称圣女神。此说不可靠。有人认为圣女祠是暗指女道士居住的道观，比较近理。由于诗人在道观中有过一段遭遇，此次重来有所追忆，才写下这首诗。

首句点出是"重过"。"碧藓滋"是石门上长满苔藓，光景同前次大有不同了。次句叹息自己回来太迟，是因为"上清沦谪"，亦即受了客观环境驱迫，留滞他乡，未能迅速回来。因为在这儿有过一段遭遇，所以诗中把自己也仙化了。

三、四两句正面渲染圣女祠。"梦雨"，据王若虚《滹南诗话》引萧闲的话说："盖雨之至细，若有若无者，谓之梦。田夫野老皆道之。"可知"梦雨"是唐、宋人口语。

"一春……尽日……"这两句，从景色上看是春雨春风笼罩着整座祠宇。探深一步，却使人仿佛看到祠宇经常出现仙女的身影，她们在里里外外徘徊，伴随着如烟似雾的细雨，以及轻微淡荡的和风。雨，轻盈如在屋瓦上飘扬舞蹈；风，也仅仅能够拂动檐头的旗角。这些细致的描写，带动我们从神话传说中得到的联想，很自然会感到这当中有着呼之欲出的人物的影像。不是别的影像，是仙女的绰约风姿和合乎她身份的行动。还有更巧妙的，既实在写了圣女祠，又空灵写了仙女，在虚实交错中，暗暗点出诗人追忆之情，大有"人面桃花"之感。

萼绿华和杜兰香都是仙女名字。这里当然有李商隐遭遇过的人在。但是"来无定所""去未移时"，她们如今已经不在了。也许走了才不久吧？也许还会再来吧？迷离怅惘，是一片失望的神情。

最后，他想起那段往事："玉郎"是李商隐自指；"通仙籍"，曾经和仙人打过交道。"那时候，我曾经站在天阶向她们求取过芝草呢！"这当然是含蓄的说法。这两句正好点出题目中的"重过"。

照说，这里应该没有什么令狐绹在内。

可是，张采田却立即拉过令狐绹来了：

此诗全以圣女自慨己之见摈于令狐也。首二句"上清沦谪"一篇之骨。"一春"句言梦想好合。"尽日"句则言终不满意。"萼绿"二句记己方至京相见，匆匆聚合，又将远去。结二句回想当日助之登第，正是经此祠之时，奈之何屡启陈情而不省哉！

又说：

"来无定所"似指桂州府罢来京……徐州府罢，复选太常博士，所谓无定所也。"去不移时"者，似指参军未几，又赴徐幕；博士未几，又赴梓幕。岂非不移时乎？

——《李义山诗辨正》

照这样解释，诗中的"圣女"是李商隐自己，杜兰香、萼绿华也是李商隐自指，那也不妨；但"玉郎登仙籍"又说是"回想当日助之登第"，岂非"玉郎"又是李商隐了么？在一首诗里，忽然自比圣女，忽然自比玉郎，男女混淆，诗人岂有这种比喻手法？

"通仙籍"然可以比喻登进士第，然而凭什么证据说"正是经此祠之时"呢？这又是无中生有。

"梦雨"是蒙蒙细雨，怎么能解成梦想和令狐绹好合？

"尽日"是终日，"满旗"是风吹满一旗，怎么会变成"终不满意"？岂不是惊人的曲解！

还有，李商隐从徐州回长安，是大中五年。《旧唐书》说他"复以文章干（令狐）绹，乃补太学博士"。是令狐绹帮助他才不久，又怎会发生"屡启陈情而不省"的叹息? 张采田后来觉得这太说不过去, 于是又把这首诗的写作年月推迟到大中十年 (公元856年)。但也没法解决前面的矛盾。

还可以补充一句: 在张氏的《会笺》《辨正》中, 这种忽而甲忽而乙的比喻, 和对文字的曲解并不是个别的。试细看《深宫》《越燕》《对雪》等诗, 便可知道。

诗人创作一首诗, 当然有他要创作的缘由。他是处在什么样的环境, 带着什么样的感情, 受到哪些外物的触发, 抱着什么目的, 读者假如能够弄清楚它, 对于理解诗的含义, 它的情趣, 比之没弄清楚当然要好得多。这是没有什么疑问的。

然而, "知人论世"绝不能攻其一点, 不及其余; 更不能借"知人论世"为名实行污蔑作者之实。

李商隐和令狐绹自然有一定的友情关系, 这种友情后来因派别之争而破裂, 也是实情。然而这毕竟是李商隐一生中的一种遭遇。他可以给令狐绹写一些诗, 表露自己的情意; 但是绝不能说, 为了在朝廷上求得一官半职, 他竟无耻到那种程度, 不管白天黑夜, 也不管在京离京; 不管对月看花, 也不管有题无题, 都是为了向令狐绹求告乞哀而写, 果真如此, 这些诗又有什么价值? 果真如此, 李商隐还能不能算是一个诗人?

不踢开诸如"令狐绹"之类的鬼魂, 要真正理解李商隐的诗, 我以为是不可能的。

安定城楼

迢递[1]高城百尺楼，绿杨枝外尽汀洲[2]。

贾生[3]年少虚垂涕，王粲[4]春来更远游。

永忆江湖归白发，欲回天地入扁舟。

不知腐鼠成滋味[5]，猜意鹓雏竟未休！

[1]迢递——高远的样子。

[2]汀洲——沙水相杂的小洲。

[3]贾生——西汉政治家贾谊，年轻时就立志改革政治，曾为汉王朝从事一些革新措施，后受毁谤，贬为长沙王太傅，郁郁而死。

[4]王粲——东汉末期文学家。曾在动乱中到荆州依靠刘表。《登楼赋》是他的名作。

[5]此句直译是：我不知道腐烂的老鼠竟也成为好滋味的食物。

据清人冯浩的考证，这首诗写于文宗开成三年（公元838年）。那时李商隐二十六岁。他上一年才中了进士，便跑到泾原节度使王茂元幕下当一名幕僚，并且娶了王的女儿做妻子。由于李商隐从前追随过令狐楚，考进士时又得到令狐绹的助力，那时"牛李党争"正烈（令狐是牛僧孺一派人，王茂元则接近李德裕一派），他这种举动，大受牛党的攻击，因此这一年他入京应吏部考试（唐制：进士须经过吏部考试才能做官），就受到排斥，而不得不再返泾原。这首诗就是在这种情况下写成的。

安定城（故城在今甘肃径川县北五里）是泾原节度使驻节地，当时是京师北边一个重镇。诗人登上城楼，徘徊四望。城楼是高峻的；城墙向左右两方远远伸展，显得很雄伟。杨柳树的尽头，就是一片浮现在水中的沙洲。这开头两句是题中应有的景物描写，是点出在这里登临，没有别的意思。

三、四两句写因登临而勾引起来的心事。"贾生"句，隐指自己这次应吏部考试失败。汉代贾谊几次向朝廷上书，对当时朝政之失，曾有"可为痛哭者一，可为流涕者二，可为长太息者六"的话，并且提出自己的建议，但是汉朝君臣没有听他。诗人引用这个典故，表示自己虽然像贾谊一样忧念国家大局，可是没有人理睬，这把眼泪算是白费了。"王粲……"句是说如今失意回到这里，有如王粲的依附刘表，实在是很不得已的。（王粲的《登楼赋》有"虽信美而非吾土兮，曾何足以少留"的话。）

　　五、六两句，承上文而来，是诗人表露自己的抱负。这两句极为宋代政治家王安石所赞赏。意思是说，我并不是一个贪图功名禄位的人，我早就感到像长安这种繁华热闹的地方，不是自己欢喜逗留的，到老年的时候，终于还是徜徉江湖之间，过着隐居生活的（"永忆江湖归白发"）。但是，这种棹一叶扁舟遨游山水的生活，却必须等到自己干下一番旋转乾坤的事业，对国家人民有所贡献以后（"欲回天地入扁舟"）。通过这两句诗，我们看出诗人青年时代是雄心勃勃，立志远大的；并且，他要做官，也不像那些热衷禄位的人物那样，而是实在想干一番事业。

　　诗人在写完了这两句之后，自然不能不想起朝廷中排斥他、指责他的那些人。当时牛党都骂他背恩弃义，认为他投到王茂元幕下，做了王的女婿，是要另找一条升官发财的捷径。诗人对于这些指责是十分愤慨的。因此，他在最后两句里，便引用《庄子》一段寓言，尖刻地加以反击。这段寓言大意说，惠子做了魏国丞相，庄子要去看他。有人就造谣说，庄子远路跑来，是要夺取惠子的相位。惠子发慌了，就派士兵搜捕庄子，乱了三天三夜。庄子知道这件事，亲自去见惠子，对他说，南方有一种鸟，叫鹓雏（就是凤雏），它从南海飞到北海，一路上吃的是竹实，喝的是甘泉，只拣梧桐树才肯歇息。想不到有一次它飞过猫头鹰的头上，猫头鹰以为它要抢夺自己嘴里的死老鼠，就仰起头来向它发出"赫赫"的怒声。如今你派人拘捕我，也以为我要抢嘴里的死老鼠吗？诗人运用这个寓言，锻炼成十四个字，好像在冷冷地说，这些猫头鹰先生们，不知道我的远大志愿，以为我也像他们那样，把死老鼠当作上等的好菜，要分享他们那一份呢！

这一首律句可以看出诗人当时矛盾复杂的心情。自己本来有干一番事业的宏大抱负，但却受到朝中某些人的排挤打击，使自己只能依人篱下，过着幕客生活。更恼人的是朝中还有人怀疑自己的为人品德，对自己的志愿一点也不能理解。想到这里，诗人的愤慨已经到了极点，不能不用冷嘲来反击了。

瑶池

瑶池阿母绮窗开，黄竹歌声动地哀。

八骏日行三万里，穆王何事不重来？

晚唐的几个皇帝都妄想自己能够长生不老，他们既找不到一个像神话中的鲁阳似的武士，可以把戈一挥，叫太阳倒退回来，自然就只好向炼"金丹"的道士求救了。别的不说，就在李商隐生存的那四十多年里，穆宗李恒就因为吃金丹送了命。文宗李昂时，民间传说皇帝叫郑注炼金丹，要拿小儿的心肝合药，闹得长安满城风雨，人心惶惶。武宗李炎本来不信佛教，曾命令破毁天下佛寺，勒令僧尼还俗。但却相信了道士的鬼话，也是吃"金丹"而"飞升"的。后继者宣宗李忱仍然执迷不悟，要拜道士刘元静为师，接受他的"三洞法箓"。及至李商隐死前一年，宣宗还恭请广东罗浮山道士轩辕集入京向他请教"长生妙术"。不久，也同样吃了大量医官道士们弄来的"仙药"，到地下"长生"去了。真是前仆后继，坚决得很。

李商隐对于这批昏庸的封建统治者如醉如狂的自杀行为，是讽刺得异常尖锐的。他的诗集中的《华岳下题西王母庙》诗，就冷冷地说："莫恨名姬中夜没，君王犹自不长生。"《汉宫》诗说："王母西归方朔去，更须重见李夫人？"在武宗的挽词中也说："莫验昭华琯，虚传甲帐神。海迷求药使，云隔献桃人。"还有另外一些诗也隐约地发出类似的讽刺。这些都说明李商隐对他们吃丹炼药、妄求长生的害民与无聊，表示了不满与指责。这首《瑶池》，同样也是如此。

我国古代有一段神话，载在《穆天子传》《拾遗记》等书，据说周穆王（约于公元前947至公元前928年在位）曾经率领一队人马，从镐京出发，向西游历，到了昆仑山上仙人西王母之邦，西王母宴穆王于瑶池，并且给他唱了一支歌："道里悠远，山川间之。将子无死，尚能复来。"穆王答她："比及三年，将复（返）而野（你的国土）。"又说，穆王的部队在路上碰上大风雪，有人冻死，穆王就写了三首诗，其中有"我徂黄竹"的话，被称为"黄竹之歌"。又说，穆王有八匹骏马，名绝地、翻羽、奔宵、起影，等等。李商隐这首诗根据的就是这一些典故。

表面看，诗是咏周穆王的事。通首是就西王母方面落笔。第一句意思说，自从周穆王回国以后，很久不见再来，西王母（汉代有人称为玄都阿母）心里惦念，她在瑶池掀起丝织的窗帘，向东远望，希望穆王再一次到来。第二句是说，穆王盼不到，却听见穆王留传下来的"黄竹之歌"，悲哀地振动着大地。三、四两句，诗人假设了疑问之词：穆王的"八骏"本来跑得很快，一天可以走三万里，为什么还不见他再来呢？在这里，诗人巧妙地运用了神话传说，从王母身上虚构出一段情节，表面看去，是写周穆王和西王母，但其实是进行了讽刺。

自汉以来，西王母就被方士们吹嘘为群仙之首，吃她的一枚桃子，也可以享寿三千岁。周穆王能够到昆仑山会她，当然求仙者认为最可欣羡的。正因如此，诗人把她端出来就含有深意。他虚构了西王母忆念穆王的情节，那潜台词好像在说，连西王母所忆念的穆王，也无法起死回生，重游瑶池，徒留"黄竹"哀歌，供后人凭吊，何况你还及不上这个格，西王母根本就不曾忆念你呢！这几句没有说出口的话，冷峻得十分，也尖利得十分。

李贺的《官街鼓》诗云："几回天上葬神仙，漏声相将无断绝。"①

同样是讽刺追求长生的妄人，写得语气显露，而李商隐这一首却比较隐蔽。虽然如此，它仍然反映了一个头脑比较清醒的士大夫知识分子对朝廷昏庸、道士虚妄的不满，在当时有着一定的现实意义。

①句中的"天上神仙"，指服食丹药来求长生的皇帝。用一"葬"字加以冷讽。"漏声相将无断绝。"意说人不能长生，只有时间才是永恒的。

梦泽

梦泽悲风动白茅，楚王葬尽满城娇[1]。

未知歌舞能多少，虚减宫厨为细腰。

[1]满城娇——满城的宫女。

这首诗的主旨在于下二句。它含蓄很深，引人联想的宽度也很广。

有人以为这只是一首普通的怀古诗，不过使用了一点技巧罢了。技巧是什么？"繁华易尽，从争宠者一边落笔，便不落吊古窠臼。"①以为这首诗是写的"繁华易尽"，当年佳丽，如今徒然落得"悲风动白茅"而已。

我们固然不能说作者毫无半点怀古的用意，可是却必须看清楚："梦泽悲风""楚娇尽葬"，只是一种起兴，是从古事引起作者对现实生活的感慨，其目的并不在于怀古。

作者路经梦泽（今湖南省北部与湖北省南部广大湖沼地带；包括长江以南的洞庭湖与江北的诸湖泊，古称云梦。一说江北的称为云泽，江南的称为梦泽。）看到有许多楚国宫女的旧墓，风起处，白茅萧萧，满眼凄恻，因此颇有感触。由此想到"楚王好细腰，宫中多饿死"这段传说②。作者是这样引出想象的：也许，这些旧墓里的葬身者，有不少正是为了求取"细腰"的丰姿，因而牺牲了自己的生命的宫女吧！从这个想象再引导开去，于是作者又进一步展开他的浮想：她们为了获得楚王的宠爱，竟连生命也不顾惜！然而，当她们紧束腰围、拼命节食的时候，也曾想到自己能有多少机会在楚王跟前歌舞献媚吗？

这种深沉的感慨，不能说只是在于惋惜当时楚国宫女的不智，而是颇像一位哲学家用一个小故事来阐述大道理那样，使人透过具体事情的表面，去探索它里面包含的理趣。比如说，通过楚国宫女的这种可怜也颇可笑的行动，不是可以联想到那些为了追求个人名利，不惜丧失生平操守，而又终于身败名裂的人来么？不是还可以联想到那些为了邀欢争宠，而使自己做出种种愚蠢的事情的人来么？人们还可以从各种不同的角度，结合现实生活去寻味它。例如，清人屈复在《玉溪生诗意》里便说："制艺取士，何以异此，可叹！"封建王朝开科取士，严格规定必须写八股文，写试帖诗，岂不也如同楚王好细腰那样，是一种人为的"怪癖"。可是千千万万士子又偏偏"皓首穷经"，有如楚宫中的宫女！

作者写下这两句的时候，不知道是讽刺别人还是嘲笑自己，也许两种用意都有。嘲笑的事情是什么？我们也很难弄得清楚。不过，它总不能不是当时某种生活现象的概括，而且主要不在于怀古，却可以断言。李商隐考过科举，并未得官；和封建权贵令狐绹等人打过交道，落得的是冷淡和打击；长期过着幕僚生活，也尽有许多使他感慨的地方。凡此种种，印证此诗，说是自嘲可以，说是嘲人也可以，反正不是无病呻吟。

文艺作品不排斥理趣；在某种情形底下，甚至还需要带些理趣。问题是不能够写成哲理的韵文。这首诗，在这方面也许对我们有所启发。

①清人纪昀的评语。
②《后汉书·马援传》附马廖："楚王好细腰，宫中多饿死。"注："墨子曰：楚灵王好细腰，而国多饿人也。"

嫦娥

云母屏风烛影深，长河渐落晓星沉。

嫦娥应悔偷灵药，碧海青天夜夜心。

　　李商隐的诗，往往运用典故或使用象征手法，曲折地表达自己内心的感情，给人以一种迷离恍惚的感觉，因而也就引起后人的种种猜测。有时一首诗可以产生几种不同的解释，而且各执一是，很难得出定论。这一首《嫦娥》，用典不算艰僻，意思也不难寻索，但是对于这首诗的主题——到底它是抒发什么感情的？却仍然引起不少争论，单是清代以来，就有几种说法。何焯认为是"自比有才反致流落不遇"，是诗人自悲身世的诗。冯浩（《玉谿生诗笺注》的笺注者）又认为用意是在嘲讽那些思凡的女道士。近年也有人认为这是一首描写"相思一夜不寐"的诗（北大中文系学生编著《中国文学史》）。总纂《四库全书》的纪昀（晓岚）的说法和这相近，不过他却认为是一首悼亡之作。照我个人的意见，诗中思忆之意是显然的，何、冯二氏的说法，我还未敢同意。

　　诗的第一句，交代了人物及其背景，"云母屏风烛影深"，说明诗中的主人公独对残烛，已经坐了整整一夜。破曙之前，月亮已经落下去，天色显得更加昏暗，因而照在云母屏风上的影子，也就更如黝黑了。第二句是进一步点明时间：银河已经斜到天底，启明星（金星）正闪耀在东方的低空，正是破晓前的一刻。第三、四两句，是这位失眠竟夕的诗人这时突然涌出心头的感触：嫦娥也许后悔不该偷了仙药，飞到月宫里去吧！如今只落得剩下孤单一人，夜夜横过青天，望着碧海，这种寂寞的心情该怎么打发呵！

　　诗是写得比较曲折的，但是并不隐晦。由于巧妙地运用了艺术技巧，使得诗人在表达他怅惘悲凉的情绪的时候，完全不着刻画的痕迹。他只是淡淡的写了屏风，写了烛影，也写了窗外的曙色。清代诗人黄仲则有两句诗："如此星辰非昨夜，为谁风露立中宵？"描写的是类似的心情，恐怕还是从李商隐这里脱胎而来的。不过黄诗明白地点明了"我"，而李诗却更为含蓄。人们透过"云母屏风烛影深"句，依稀可以想象室内这位沉浸在思忆中的人，寂寞地与烛相对，乃至忘记了时间的逝去。句中着一"深"字，正是点出他独坐之久和思忆之深；不单是写烛影，写环境，更主要的是写特定环境中人物的思想感情。而"长河渐落晓星沉"句，也不仅在于写窗外景色，而是写人物一夜不眠以后突然在眼中出现的景色变化：原来，又已经过了一个不眠的晚上了！这样来写思忆，诗人下的分量是很重的，只是草草读过就不大觉得罢了。

从"对面"写来，是这首诗后两句所用的技巧。诗人是在忆念他的亡妻（或弃他而去的恋人），拿嫦娥作为比喻。然而并没有说自己如何思忆，反而深入到对方的感情深处，代对方去设想："你终于走了，然而我想你并不是一点没有牵念的，你也许像我一样长久地感到寂寞孤单吧！"替对方这样设想，而自己思忆之情，也就不言可知了。杜甫的"今夜鄜州月，闺中只独看"。也是从"对面"写来，更显得感情深厚。纪昀说它（指这首《嫦娥》）"十分蕴借"，正是这个意思。这也可以看出李商隐诗的艺术技巧的一斑。

温庭筠

（？——866年，原名岐，字飞卿，太原（今属山西）人。每入试，押官韵，八叉手而成八韵，时号『温八叉』。精通音律，工诗，词话。其诗辞藻华丽，称艳精致，与李商隐时称『温李』，其诗今存三百多首，多写个人遭遇，于时政亦有所反映。后人辑有《温庭筠诗集》。

商山早行

晨起动征铎[1]，客行悲故乡[2]。

鸡声茅店月，人迹板桥霜。

槲叶落山路，枳花明驿墙。

因思杜陵梦，凫雁满回塘。

[1]征铎——可以释为拉车的牛脖子上系着的铃铛。但也有人释为驿站里催人起行的铃声。

[2]句意说：远行的人想起故乡就觉得难过。

　　"鸡声茅店月,人迹板桥霜。"这是向来传诵人口的名句。从前离乡远出的人,早起赶路,想起这两句诗,都会有异常亲切的感受。

　　作者是善于体察事物的。我们试拿这十个字拆开来看:鸡声、茅店、月,是三件事;人迹、板桥、霜,也是三件事。用字仅仅十个,可是,它包含了节令、时间、地点、景物,还暗藏了诗人自己和另外一些早行的人在内。我们从"霜"字看出是秋天,从"鸡声"和"月"看出是早晨,从"茅店""板桥"看出是村镇,从"人迹"又可以想见路上已有早行的人:单从用字的精简来说,就已经很值得我们注意。

　　像上面这样逐字拆开来谈,自然不一定妥当。一句诗就是一句诗,拆得七零八落,未必看得出诗人的本意,所以还应该整句来读。

　　不难看出,这两句诗在刻画"早行"的情景上,很有独到之处,"鸡声茅店月",的确是五更时分旅客闻鸡而起的那种特有气氛。"人迹板桥霜",又实在写出了凌晨上路时(特别是在秋天)一种萧瑟凄冷的感受。合起来看,一幅中世纪的早行图显得异常生动逼真。这和作者善于捕捉眼前景物并且善于组织安排的艺术才能是分不开的。因为十个字虽然包括六件事物,却并非简单随意的平列。作者的本领是能够从眼前事物中看出哪些是值得捕捉的,哪些是必须摒弃的;还看出它们彼此之间的关系,然后加以选择,加以合乎规律的配置,使之显示出典型意义。"鸡声"要配"茅店"与"月","板桥"要配"人迹"与"霜",并不是作者任意的堆砌,而是在发现了事物之间彼此的联系关系以后,通过作者有意地选择配置,突出其意义,才构成一个完整的带有典型意义的环境。能否改成"鸡声板桥月，人迹茅店霜"呢？显然不能。即令改成"虫声茅店月，犬迹板桥霜"，并非不通，也仍然不是"早行"的典型环境，为什么？因为"虫声"便与旅客的闻鸡上路无关；"犬迹"和早行的旅客也构不成有机的联系。看来一字之差，意境却相距很远。不要以为随手把眼前事物牵扯过来，凑成两句，就算是写出了眼前环境，更不用说典型环境了。从前有个笑话，有人看见池里一只青蛙翻着白肚子，又看见一条蚯蚓死在地上，于是吟诗说："蛙翻白出阔，蚓死紫之长。"他自己费了很多口舌，别人才勉强懂得他说了些什么，可是仍然觉得不是诗。别人所以不懂他说些什么，因为这十个字相互之间实在看不出是什么关系，别人看了也构不成一个完整的印象。有些诗，看起来蹩脚而又难懂，别的原因不说，起码有一点就是这种关系弄不清楚。

这也使人想起了古典诗词中的"回文"。回文不论顺读倒读，都通顺，也都能协韵律。好的回文，绝对没有晦涩难解的毛病。试举一个例子：

> 潮回暗浪雪山倾。远浦渔舟钓月明。
>
> 桥对寺门松径小，槛当泉眼石波清。
>
> 迢迢绿树江天晓，霭霭红霞海日晴。
>
> 遥望四边云接水，碧峰千点数帆轻。

——周知微《题龟山》

这首诗通过景物的描写，表达了诗人陶醉于眼前风物的心情，也给予欣赏者以美的享受。使人更佩服的是，诗人熟练地运用了回文的体裁，顺读是一首诗，倒过来读（从"轻鸥数点千峰碧"读起）还是一首诗。驱遣文字时技巧达到了异常成功的地步。我们虽然不必学着写回文诗，然而这种精心锤炼，务求无懈可击，乃至回环诵读都不失其为佳句的锻炼功夫，不是很值得我们学习么！作者如果不懂得如何选择，如何配置，那么，面对眼前纷纭的各种事物，不仅写不出回文，连一句通顺的、构成一个简单的印象的句子也会写不出来。没有对事物作深入的观察、分析、研究，没有艺术加工的本领很难谈到写诗，更说不上要写出能感动人的诗。

"鸡声"两句自然不是全为写景，它也隐约带出作者在旅途中的寂寞凄冷的心情。

五、六两句写的也是路途上的景色——秋天景色。一句是山路上纷纷落下槲叶，一句是驿站墙边开着繁茂的枳花，上一句是走在路上看见的，下一句是停在驿站看见的。两句合起来，显示出从刚才天还没亮走到如今天色大明了，因此眼前的景物也起了变化。

因为旅途景色如此萧索，作者在结末两句，就回念杜陵（作者是并州人，但久居长安。杜陵在长安郊外），即在客店中梦到长安那一瞬。"凫雁满回塘"，是说那里景色很美，比之客途中的鸡声、茅店、槲叶、枳花，完全两样。

唐代文人往往对长安有名利上和生活享受上的留恋，这首诗也反映出作者这种思想。

瑶瑟怨

冰簟银床梦不成，碧天如水夜云轻。

雁声远过潇湘去，十二楼中月自明。

声音可以化为形象，在诗人的笔下出现。我们在韩愈的《听颖师弹琴》诗中已经领略过了。

把不可见的声音转换成似乎可见的景物，固然不过是诗人的主观构想，但由于它有一定的根据——乐声给予诗人以形象性的刺激，使他产生各种不同的感受，再用文字再现出来，也让读者产生同感。像李颀的"空山百鸟散还合，万里浮云阴且晴。嘶酸雏雁失群夜；断绝胡儿恋母声"，又像白居易的"大珠小珠落玉盘。间关莺语花底滑，幽咽流泉水下滩"。一种是琴，一种是胡笳，一种是琵琶，不同乐器乐曲呈现不同的形象，姿采各异，实在令人为之神往。

上面引的都是古体诗，题目早已点明，对我们理解形象化了的乐声，不至于太困难。但假如它是放到近体诗里的，题目又隐晦，那又是另一回事了。

晚唐诗人温庭筠这首《瑶瑟怨》你能说它隐藏了形象化的乐声吗？

诗的主题是描写独居闺中的少女心情的凄怨寂寞。它是一首比较著名的小诗，曾入选过许多唐诗选本。

第一句就写那位女郎在夜里睡不着。"冰簟""银床"（清凉的竹席和银饰的床）看去好像装饰华美，在这位女主人看来，却正是冷冰冰的，凉飕飕的。她是处在孤独的环境里。

第二句，时间是在深夜。天上明净而清澈，景物都像浴在水里。偶然有几缕白云飘过，宛似一层轻飘飘的薄纱。然而实在是衬托出室中人心头的寂寞。

第三句，乍一看，好像也还是写景，是从上句生发出来的。在碧天如水的清夜，飞过一群秋雁，鸣声悠远。这不是很自然的描写吗？可是，且慢！假如你是这样认为的，那么，这样的四句诗，题目又叫《瑶瑟怨》，凭你找去，有半点瑶瑟的影子吗？自然没有。既然没有，题目同内容就对不上号，难道作者就这样粗心糊涂，把秋夜硬套在瑶瑟上面去了？原来，这一句其实不是写景，是那位女郎弹起瑟来了。怎么说她在弹瑟呢？她弹的瑟曲名唤《归雁操》，其中摹写了雁的叫声。"雁声远过潇湘去"，正是乐曲所表现的意境。也就是形象化了的乐声。诗人在描写了女郎的环境和心情之后，笔锋就转到主题的瑶瑟了，那么，说第三句是写乐曲有没有根据呢？有的，请看下面这首诗：

潇湘何事等闲回？水碧沙明两岸苔。

二十五弦弹夜月，不胜清怨却飞来。

这是钱起的《归雁》，本书已经介绍过了。《归雁》从侧面烘托出弹奏的是《归雁操》，温庭筠这首诗也一样。"潇湘何事等闲回"和"雁声远过潇湘去"都是乐声的形象。钱诗可以证明温诗，反过来，温诗也可以证明钱诗。

其实二、三两句诗的意境是可分可合的。"碧天如水"是小楼外的实景，也可以是瑟曲中的衬景。在碧天如水的夜里，哀咽的雁声掠过天空，远远向潇湘二水的方向去了。这不是可以构成一幅美妙的"潇湘归雁图"吗？

因为诗人使用绝句体裁，不能像李颀、韩愈那样放笔挥洒，只能轻轻点上一笔。然而，也许诗人自己以为已经是足够了。

"十二楼中月自明"——又回到小楼一角。当她弹奏这首幽怨的曲子的时候，身旁并没有谁在倾耳欣赏，她是非常孤独的，既听不到赞美的声音，也看不见同情的面孔。甚至连批评她的技巧的人也没有。仅有的只是清净的月色透过疏帘照进屋子。可是，连月亮也是自己照管自己，表情淡漠，好像同她毫无关涉。

这真是令人心灰意绝的寂寞。

在封建社会里，多少被遗忘了的受损害的女性。这一类悲剧带着旧社会的特有烙印而不断地出现，反复地演出。《瑶瑟怨》只不过描写了其中的一幕罢了。

崔橹

生卒年不详。他的诗作风格清丽，画面鲜艳，托物言志，意境深远。有《无机集》四卷，今存诗十六首。

华清宫（录二）

一

草遮回磴[1]绝鸣銮，云树深深碧殿寒。

明月自来还自去，更无人倚玉栏干。

二

门横金锁悄无人，落日秋声渭水滨。

红叶下山寒寂寂，湿云如梦雨如尘。

[1]回磴——沿山曲折砌成的石级。鸣銮——指帝王的车驾。

"怀古诗怎样才算是写得好或者比较好？"

"你说是古人写的怀古诗？"

"对！来到一处著名的古迹，想起古人往事，又看到今天，心里很想写点什么，禁不住吟咏起来……"

怀古诗的来历，可以追溯到北魏的冠军将军常景。时在公元520至524年之间，常景奉命出塞，在北部边疆兜了一圈，"经涉山水，怅然怀古，乃拟刘琨《扶风歌》十二首"。（见《魏书·常景传》）可惜他的怀古诗已经失传，不知道写了些什么。一般说来，写怀古诗当然不只是为了怀念古人，而是从古人古事中受到触发，引起内心的感想，再用诗的体裁抒发出来。怀古诗不能仅仅着眼于"古"，应该和咏古有所区别。这是不言而喻的。

照我的看法，怀古诗要是能够把古和今、物和我、情和景这三种矛盾对立的东西很好地统一起来，并且使三者互相交融，凝成一种诗的意境。这就算得上好的怀古诗。

从前写怀古诗的人很多。尤其是封建时代的文人墨客，到了一处有古迹的地方，随手拉扯一些古人古事，信笔一挥，加上"怀古"两个字，以为就是怀古诗。说实在的，没有那么简单。

为了把问题说清楚，举出例子是必要的。这里就谈谈崔橹的《华清宫》绝句吧。

崔橹已经是晚唐的作家了。据说他是大中年间（公元847至859年）的进士（《唐诗纪事》卷五十八），也有说是广明年间（公元880

年）得第的（《唐才子传》卷九）。曾官棣州司马（唐棣州在今山东惠民县南）。他的《华清宫》诗，《唐诗纪事》录了四首，《全唐诗》剔出一首，只录三首。这里只选两首来谈。

历史上著名的华清宫，在陕西临潼区骊山北麓下①，原是一个温泉。唐太宗贞观十八年（公元644年）在这里兴建了一座汤泉宫，高宗时改名温泉宫。到了玄宗天宝六载（公元747年），又大加扩充，定名为华清宫。这是骊山历史上最烜赫的时期，一座座宫亭苑宇，分布山上山下，著名的如长生殿、朝元阁、斗鸡殿、集灵台、宜春亭、芙蓉园都围绕着华清宫兴建起来，一片金碧辉煌，光彩灿烂，成为玄宗和他的妃子杨玉环以及一班权贵宠臣们日常游玩享乐的去处。

可是过了不久，"渔阳鼙鼓动地来"，安禄山的一场叛乱，把金粉繁华的骊山顿时化作荒凉的世界。宫殿建筑大部分破坏了，没有破坏的，也是零落不堪，成了鼠雀出没的巢穴。到崔橹经过华清宫的时候，离天宝末年那场变乱已经差不多一百年，那景象也就可想而知。

这时候，唐王朝正处于"日薄西山"的景况中，社会危机日益深，农民大起义的怒火即将爆发。诗人登上骊山，眼见华清宫一片破败，追想玄宗时代的旧事，深有感触，于是挥笔写下了他的"怀古"。

沿着骊山山脚走，进入罗城，就可以看见拿白色晶亮的石头砌成的阶级，迂回曲折，从山下直通到山上。不过，从前打扫得非常干净，布置得井井有条，如今由于长久没有皇帝御驾光临，于是到处长起野草，铺满落叶，荒凉冷落得不堪了。

华清宫和附属建筑，上上下下，残存的还不少，它们却是害怕看见生人似的，都深深藏在高大而密集的树林之中。再走前去，中间耸立着华清宫大殿，规模还是那样宏伟，可是从宫殿里仿佛发出一股逼人的寒气来，使人禁不住也从心里透出一股寒意⋯⋯

天还没有昏黑，从山边可以看见淡淡的半个月亮隐映在微蓝的天穹中。这半规明月，如今谁也没有睬它，它惨淡孤独，照着骊山错落的亭台殿阁和莸草树木，从东方升起来，又向西方落下去。

面对这幅图景，诗人心里产生很大感触。他想起诗人杜牧写的《过华清宫》诗：

长安回望绣成堆，山顶千门次第开⋯⋯

也想起元稹写的《连昌宫词》：

上皇正在望仙楼，太真同凭栏干立⋯⋯

当然也读过陈鸿的《长恨歌传》，那里面描写了天宝十载秋天，杨贵妃在长生殿同玄宗皇帝两人"凭肩而立，密相誓心"的故事。

当年的明月，一定曾经看见过宫闱中这一幕"演出"的。可如今还有谁倚着白玉栏杆再来"表演"同样的一幕呢？

真是"一曲淋铃泪数行"②。荒淫的生活只落得这样的结局，诗人的感慨是深沉的。

⋯⋯

诗人继续向山上一步步走上去，走过了几处殿阁，绕过了几处荒林，来到高处，又看见一座宫殿。如今我们已猜不出他到底是站在朝元阁，还是明珠殿，但他看到的宫殿，照样是大门上挂上一把大锁，里面不仅是空荡荡的，连附近一带也悄然无人。向北望去，渭水宛如一条带子，从西向东曲折流过骊山脚边，八百里秦川历历在目。

在淡淡的斜照中，西风毫不疲倦地摇撼着远近的树木，发出一片秋天才能领略的特有声响。

特别触目的是满山飞着的枫叶。它们给西风从枝头上硬扯了下来，在夕阳的反照中飘飘荡荡，一直飘到山下。鲜艳的颜色没有给这座被冷落的名山增添一点儿暖意，相反，更加衬托出它那寒冷和寂寞了。

山坳里轻轻飘曳着湿云，湿云慢慢伸展开来，把大片的树林和楼阁都罩上一层轻纱。湿云又逐步化成如尘的细雨。于是，眼前的景色都像是在梦境中看到的。

诗人这时忽然想起一个古老的神话。这个神话说，巫山住着一位天帝的女儿，名叫瑶姬，她的任务是早上行云，晚上行雨。

这个神话在楚国又演化为人和神相接的故事——这是许多古老民族都曾经出现过的题材。

当李白奉命撰写《清平调》的时候，他顺手借了巫山神女的故事反衬一笔：

一枝浓艳露凝香，云雨巫山枉断肠。

《清平调》在人间已经流行上百年了。如今骊山上依归是如梦的云、如尘的雨，就是当年玄宗和杨妃眼中的云和雨吧，谁知道呢！但那些人和事"如梦如尘",都终于过去了,湿云和细雨该有些什么想法呢——诗人对着眼前的景物,不禁神驰物外,想得很远很远了。

崔橹虽然不是一位著名的诗人,现存他的诗在《全唐诗》中只有十六首,另补遗二十一首,未免太少了。然而,他在这两首怀古七绝中,华清宫的古和今,人与事,眼前的客观景物和诗人自己的感情,彼此融汇交织,浑成一体,分拆不开。

如此善于统一这几种对立着的关系,充满了诗意,这无疑是怀古诗中的佳作。

①骊山,是终南山由蓝田县境延伸出来的一个支阜,绵亘五十余里,由石瓮谷分成两个岭,东曰东绣岭,西曰西绣岭。
②杜牧《华清宫》绝句。

陆龟蒙

？—约881年，唐代农学家、文学家、道家学者。字鲁望，姑苏（今江苏苏州）人，是唐朝隐逸诗人的代表。诗多写景咏物之作。有《甫里集》。

怀宛陵旧游

陵阳佳地昔年游，谢朓青山李白楼。

唯有日斜溪上思，酒旗风影落春流。

这首七绝，乍一看就惹人喜爱。诗人给我们描绘了一幅很美的景色，使人如置身画图之中。仔细寻味，又发现它在运用形象思维方面更是手法高明。

作者怀念宛陵山水。宛陵就是安徽宣城市。提起宣城，人们自然会想起两个著名诗人：一个是南朝谢朓，曾任宣城太守，在陵阳山上建了一座楼，后人名之为谢公楼，又称北楼。另一个就是诗人李白。他在宣城住过好几年，把敬亭山引为"相看两不厌"的朋友。他常到谢公楼附近徘徊，在诗集中怀念谢朓的就有好几首。诗人的这些遗迹，足为江山增色不少。

陆龟蒙生于晚唐，他是苏州人，长期过着隐居生活，自号江湖散人。他什么时候到宣城游历过，此诗写于何年，已不可考。他既是追念宣城旧游，笔下自然离不开那些著名的江山人物。可是仅仅一首七绝，怎样才能概括得圆满而又饶有诗味呢？我们看到，作者运用形象思维，用简练而精美的笔墨把上面说的江山人物先在七个字中重重地描上一笔。

这就是"谢朓青山李白楼"七个字。

"谢朓青山李白楼"，初看，是谢朓欣赏过的青山，李白登过的楼；再看，又是以谢朓著名的山，以李白著名的楼；又再看，却又是既属于谢朓和李白的青山，亦是同属于谢朓和李白的楼。当我们再深入一步寻味时，就会发现谢朓、李白、青山、北楼，竟是错综交织，融成一片，分不清谁是宾主，谁是先后，山水和人物之间，仿佛彼此部渗溶着对方的血肉了,而于是,一幅不可移易于他处的典型的宣城山水就出现在我们眼前了。多么有本领的艺术概括,然而正是得力于形象思维的运用。

也许有人会问:谢朓楼是实际存在过的,李白楼则并无根据。作者为什么不写作"李白青山谢朓楼",偏要颠倒过来呢?这一问很有意思,足以启发思想。

原来,艺术上的是否善于运用形象,往往便是表现在这些地方。正因为谢朓楼是实际存在过的,一用了"谢朓楼"三字,人们的想象就被限制在这座具体的楼上面,就没有联想飞翔的余地,连带"李白青山"也受到限制,只好拿敬亭山之类来填充进去。这样一来,诗的内容和它的意境就大大缩小,就难以使人展开山水人物交织融浑的联想了。这不是太着迹也太笨拙了吗?类似的例子,正如我国戏曲舞台上灵活运用以虚作实的布景,又如中国画论上所说的"景愈藏境界愈大,景愈露境界愈小"的道理一样,形象如果具体到下定义的地步,它就变成了死板的东西,阻绝了人们通过它产生联想的道路,只是呆板地复制形象。诗人在这里不用"谢朓楼",正是他的聪明之处。

但是话又说回来。在艺术上,用概括力很强的笔墨写出大的境界,并不是否定或者排斥用细致的笔墨去描写小的境界。也不是说,形象越不固定越含糊就越好。这要看艺术上的需要如何。

我们看到陆龟蒙在三、四两句中就转用工笔细描,用明快而细腻的线条绘出一幅美丽的图画。这是作者在宣城游览时印象同样深刻的。作者说：更有耐人寻思的，是在残日西斜的清溪之上，看见酒店门前高挂着酒帘子，正在迎风飘拂，落影在春波之中。

这道清溪，便是宣城著名的宛溪或句溪，李白所谓"两水夹明镜，双桥落彩虹"的便是。

陆龟蒙在"日斜溪上"想到些什么呢？他眼望着那些酒旗，那些倒影，那些板桥流水，也许想起李白这位以酒著名的诗人，当年的豪放的笑声和酩酊的醉态，还依稀如在眼前吧！山川和人物交织在一起，他的想象伸展开去，竟和百多年前的诗人相接了。

陆龟蒙先写了大景，再写小景。小景是如此饶有风致，让"谢脁青山李白楼"的典型山水平添了一抹醉人的诗意。从整首诗的结构上看，也是大小疏密相间。正如齐白石画草虫，粗放写意的枝叶中衬以特别工致的昆虫，在艺术上是辩证的统一。

白莲

素蘤多蒙别艳欺[1]，此花端合在瑶池。

无情有恨何人见？月晓风清欲堕时。

[1]素蘤（wěi）——白色的花。别艳——其他色彩艳丽的花。

清初，提倡"神韵说"的王渔洋非常欢喜这首诗。他说："无情二语，恰是咏白莲诗，移用不得。而俗人议之，以为咏白牡丹、白芍药亦可，此真盲人道黑白。"（见王士禛《带经堂诗话》卷二十七）

诗是好诗，固然不错；"无情……"两句，也恰好是白莲的写照，很难移用于其他花草，说得也中肯。可是，为什么别样花草就移用不得？渔洋老先生并没有说出一个所以然来。这就徒然使人陷在若可解若不可解之间。

既是咏物诗，不能没有物，那是当然的；但也不能没有人的见解和感情，这也是常识。纯然是物（见物不见人），这不过是科举时代的试帖诗，而且还是不太高明的试帖诗。但既是咏物，却纯然只写个人的主观感情，不切合客观的物，却又不成其为咏物诗了。

必须既咏此物，又有诗人感情，情寓于物中，物因情而见，物我相与融浃，才可以称得是上乘的咏物诗。

不过，话是这样说，怎样才能做到，又是另一个问题。假如偏重于主观，客观的物象就有随我摆布，从而改变了物的特有属性的危险。因为既重在主观，就正如那位"俗人"问王渔洋的，为什么"无情有恨……"两句，不能作为咏白牡丹、白芍药诗？假如我只从主观构想，则"无情有恨""月晓风清"，难道白牡丹、白芍药就不使得？

拿诗人的主观（不是主观主义）去迎合客观物象，不但要看到客观物象的一般性，更要看到它的不同于其他的特殊性。这是个需要很好掌握的问题。拿杭州西湖比作美女，苏轼曾说："若把西湖比西子，淡妆浓抹总相宜。"为什么他不拿王昭君、赵飞燕来比,偏要拿西施来比? 以梅花比作避世之士,明代诗人高启说:"雪满山中高士卧。"为什么他不拿和尚道士来作比,要拿高士来比? 这就是看到对象的特殊性之故。

西湖是客观物象,西施是诗人的主观比描。这当中,西湖和西施之间的可联性,比之西湖和王昭君、赵飞燕的可联性是不同的。因为提起西施,人们会想到她原是越国的浣纱女郎,她功成后又泛舟五湖隐去。杭州古属越国,湖又是西施归隐之地。这样,"西湖比西子",人们就认为是"物我融浃",很有道理了。

拿梅花比作"雪满山中高士卧",一方面,梅花的高洁可以使人引起类似隐士的感觉;另方面,北宋隐士林和靖(逋)梅妻鹤子的故事,又把梅花和高士的联系拉近了。

牡丹给人以富丽的感觉,所以李商隐《牡丹》诗说:"锦帷初卷卫夫人,绣被犹堆越鄂君。"拿春秋时代贵族中的南子和越鄂君相比。但绿牡丹又有其特殊色彩,所以清代女诗人吴巽便以金谷园中坠楼的绿珠相比,说:"金谷荒凉成往事,风前犹想坠楼人。"这个道理弄清楚了,才容易进一步来谈陆龟蒙这首《白莲》诗。

"素蘤多蒙别艳欺",只是说,白色的花多数不受一般人的喜爱,并不是艳色的花专会欺负白莲。唐代富贵人家喜欢紫牡丹。白居易曾说:"白花冷淡无人爱,亦占芳名号牡丹。"陆龟蒙也许认为白莲也是这样的吧。

"此花端合在瑶池"，这是拿"瑶池"暗点莲花长在池水中，并且推崇它的品格像瑶池仙子，和一般凡花俗卉不同。

"无情有恨何人见？月晓风清欲堕时。"这两句才是全诗的着重之处。在诗学上说，这叫"取题之神"。

诗人假设白莲花因为不够鲜艳，很少人加以赏识，在池塘里它是自开自落的。不管它是有感情也罢，没有感情也罢；懂得愁恨也罢，不懂得愁恨也罢，谁曾看见？谁去理会？（"无情有恨"四字，是包括无情无恨和有情有恨说的，不应该拆开解释。）然而诗人却认为，白莲花其实是很美的。它那纯洁的颜色，它那婷婷的姿态，它那"出淤泥而不染"的品格，就像瑶池中的仙子。尽管在它开的时候没有人注意，在它"欲堕"的时候也只有晓月清风做伴，又何损于它的美呢？

我们试驰骋一下想象：天色不曾放亮，野外静寂无人，蒙蒙而西沉的晓月，淡淡而凉快的清风，十亩方塘，田田绿盖。荷叶丛中，最明艳的难道不是那又白又大的莲花吗？你仔细再看吧，最惹人怜爱的，难道不是摇曳在清风之中，轻垂几片欲堕不堕的花瓣的白莲吗？我们试念一下"无情有恨何人见？月晓风清欲堕时"这两句，不是觉得非常恰切，非常传神吗？

拿它来咏白牡丹、白芍药合适不合适呢？当然不合适。恐怕连咏红莲花也不合适。我们知道，在残月迷茫的破晓之前，红颜色是不够明显的。所以王安石才有"积李兮缟夜，崇桃兮炫昼"的诗句①（在白天，繁密的桃花特别炫目；而在夜里，却只能看见一丛丛的李花）。正因如此，"月晓"两字在这里是很有讲究的，它注意到了光和色的关系。只有白莲才在这种时光中既显示它的明丽而又和整个环境配称。这是那特有的形象、特有的环境、特有的氛围交织共融所产生的魅力，使我们觉得这真是不可以移用到别的花草身上的。王渔洋似乎也认识到这一点，他有两句诗不无仿效的痕迹，说："行人系缆月初堕，门外野风开白莲。"（《再过露筋祠》绝句）

这就是既看到物象的一般性而又紧紧把握住它的特殊性。这也就是"取题之神"。

①诗题是《寄蔡氏女子》二首之一。

聂夷中

837—?年，字坦之，河东（今山西永济西）人。诗人喜欢采用短篇五言古诗和乐府的形式，以质直的语言、白描的手法，寥寥几笔，将触目惊心的社会现象暴露在人们眼前，冷峭有力。《伤田家》一首，尤为后世所称赏。原有集，已散佚，《全唐诗》录存其诗为卷。

公子家[1]

种花满西园，花发青楼道。

花下一禾生，去之为恶草。

[1]诗题一作《长安花》，一作《公子行》。

在晚唐的现实主义诗人中，聂夷中是代表人物之一。他仅存三十七首诗，其中就有像《公子行》《伤田家》《田家》和这里要谈的《公子家》等优秀的作品。在这些作品里，诗人表露了对于当时政治的黑暗腐败和统治阶级的荒淫无耻的极大愤懑；而《赠农》一首（一说是孟郊作），又倾诉了对被压迫剥削的农民的同情与关怀。其中的《公子行》揭露当时"一行书不读，身封万户侯"的豪贵子弟的丑恶面目真是入木三分。他们一方面是无比凶横，"走马踏杀人，街吏不敢诘"；同时另一面则是"美人尽如月，南威莫能匹"，尽情地纵淫；"飞琼奏云和，碧箫吹凤质"，惊人的豪侈。诗人最后还深刻地挖出这些家伙恨不得享寿一千岁，让他能够无穷无尽地纵乐的龌龊心理："唯恨鲁阳死，无人驻白日。"这些诗歌都不愧为晚唐时代具有战斗风格的作品。

从《公子家》这首五绝，可以看出诗人的观察是很细致的，而着眼点却是很高的。假如说，像上面举出的那首《公子行》，诗人是从纵面来解剖那些公子王孙的荒淫生活及其心理活动的话，那么，这首短诗就是从横的方面切出一块薄片，同样地尽了暴露的作用。这种横剖的手法，固然并不新奇，然而诗人在横剖的时候，并不是随便一刀下去的。他看准的那个地方，是一般人都不曾注意到的极微细的地方，那是在这位公子到花园里去"赏花"的时候，忽然看见花枝底下有一株稻苗长了起来，便伸出两个尖尖的指头，把它连根拔起，随手扔到路边去。对于这个小动作，不是有灵心慧眼的人，根本就没有想到去理会它。可是我们这位诗人恰好把它捉住了，就像医生解剖毒瘤一样，一刀下去，丑恶的东西便一下子揭了出来。

读这首诗，我们会看出了不止一层含义。这个五谷不分的公子哥儿，自然以为秧苗就是"恶草"，拔而去之，这就勾画了其人的荒谬愚蠢。这层意思自然是重要的，可是单这样了解却不够，还应该进一步看到诗人在刻画这个小动作后面所赋予的巨大的社会意义。在晚唐这样靡烂到发臭的李氏王朝统治底下，人与人之间的位置安排完全是颠倒的。诗人看到当时正直良善的人们被当作"坏人"看待，而真正的坏人（他们表面上装得怪好看的）或华而不实的家伙却受到宠爱。这种情形，正和这位公子把禾苗当作"恶草"一样。因此，诗人在这首诗里，就借用了这个小场景，来寄寓自己对于这样的社会现象的愤慨。这首诗所抨击的对象，因之就不仅仅是某一个公子哥儿，而是从局部展示全体，从个别指出一般了。

这首诗的典型意义，正在于此。

田家

父耕原上田，子劚^[1]山下荒。

六月禾未秀，官家已修仓。

[1]劚（zhǔ）——锄地。

谈了聂夷中的《公子家》，还想再谈谈他这一首。

对于只会吮血吸髓的封建统治阶级，特别是它的上层集团，有正义感的唐代诗人曾经不止一次地举起过他们的投枪。在这当中，各人所使用的手法是不一样的。像白居易，有时用的就是火辣辣的字眼，如他在《杜陵叟》一诗中，借杜陵叟的口破口大骂："虐人害物即豺狼，何必钩爪锯牙食人肉！"那种愤不可遏的气势，真像要把"豺狼"一下子烧成灰烬。但更多的人还是比较含蓄的，虽然讽刺入骨，在字面上仍然留了一点地步。杜甫写马嵬坡那一幕，就没有白居易《长恨歌》那样赤裸裸，只是隐隐约约，用"明眸皓齿今何在，血污游魂归不得"两句，表露了对这件事情的感慨。

聂夷中这位诗人却有不同的气质，他似乎并不愿意故作含蓄。他对封建统治阶级的攻击，从来不肯转弯抹角。可是，他和白居易在《新乐府》里喜爱直接表示意见，发挥议论的又有所不同。他好像更喜欢让事实来说话，把东西都摊开到桌子上，或者换句话说，把一幅速写画挂在你的眼前，让你自己看了去作结论，上面谈到的《公子家》是如此，另外两首《公子行》是如此，这一首《田家》也不例外（只有"二月卖新丝"那首诗，用的是议论，但仍用比喻手法）。由于这位诗人善于选择题材，因而使用这种手法，又都是十分成功的。人们看了他摆出来的事实，不由得不自己去作结论，从而诗人就使他的作品获得应有的效果。

这首《田家》，打个比喻，就是一幅形象鲜明的速写画。在画的一边，一位白发皤然的老父亲，正在高田上气咻咻地给禾苗除虫去草；在山下，他的儿子挥着锄头吃力地开荒。显然，这时禾还没有长起来，为了度荒，不得不赶种一些早熟作物，免得禾还没有长成自己先就饿死。假如单看画面上这一角，我们还替他父子俩抱着一线希望：也许能够挣扎着度过这种艰苦的岁月吧！然而，当转过眼去接触到另一个角落的时候，我们却好像头上响起一个霹雳：原来那伙坐在人民头上喝血的家伙，已经派人在那里修筑粮仓，他们早就盘算着把父子两人的辛苦所得一粒不剩地搬个罄净了！

该怎么办呢？我想，受到封建统治者剥削压榨的农民，都会自己来下结论吧！

为了完成诗的主题思想，可以想见诗人事前花费了多少力量！他需要找一幅最有说服力量的画面，而且只需寥寥几笔的，好让它来向读者发挥雄辩。而这位诗人也的确具有灵心妙手，只把两个农夫，一座官家粮仓放在一起，不着一个字议论，其结果，比之洋洋万言的大文章似乎并无愧色。所谓"一矢破的"，所谓"言简意赅"，说的都是文章的好处。我想聂夷中这首诗，正是兼有这两种长处的。

罗隐

833—910年，字昭谏，杭州新城（今浙江富阳西南）人。光启中，入镇海军节度使钱镠幕，后迁节度判官、给事中等职。诗颇有讽刺现实之作，多用口语，于民间流传颇广。有诗集《甲乙集》。

黄河

莫把阿胶向此倾，此中天意固难明。

解通银汉应须曲，才出昆仑便不清。

高祖誓功衣带小，仙人占斗客槎轻。

三千年后知谁在？何必劳君报太平！

在江浙一带群众的口中，流传着不少有关罗隐的故事。这和罗隐有些诗句长期在群众口中流传下来是分不开的。罗隐的诗通俗流畅，一般人都容易读懂，有些讽刺也很辛辣。例如《咏金钱花》："若教此物堪收贮，应被豪门尽劚将（砍掉）。"对封建掠夺者这一刺，辛辣而又带点幽默。僖宗李儇给农民起义军打得奔逃入蜀，他又写道："地下阿蛮①应有语，这回休更怨杨妃。"分明在说，这是封建帝皇自取其祸，怨不得别人，但是写来却并不声色俱厉。

罗隐早年在仕途上很不得意，曾经十次应进士考都落第，对李唐王朝压抑人才是满怀不快的。这首《黄河》，正是针对这一点而发。诗并不是写黄河，虽然表面上每句都像是咏黄河，其实每句都是对封建贵族援引私人、埋没人才的攻击。因为唐代的科举考试，表面上说是选拔人才，其实徒具形式，士子如果没有朝中贵族或大臣荐引，即使很有才学，也是不被取录的。罗隐本人就屡次尝过这种苦头，所以感慨也特别深。

在开头，作者就用"天意难明"四字，暗示当时的科举考试的虚伪性。因为官场正像黄河那样混浊，就算把阿胶倾进黄河也是无益的（"阿胶"，古人说是可以澄清浊水的药剂）。

跟着，作者就再把这个意思进一步加以发挥。"解通银汉应须曲"的"银汉"，原意自然是天上的银河，但古人诗中却也可以把它挪到人间，当作皇室、朝廷，亦即统治集团的上层来解释。这句诗中的"银汉"，也应该是皇室的代词。因此，整句诗的意思就是说：要通到皇帝身边去，就得使出卑鄙的手段（就是所谓"曲"），这才可以达到目的。

"才出昆仑便不清"一句中"昆仑"也和"银汉"一样，不是指"黄河发源地"的昆仑山，而是指那些豪门贵族。因为那些被荐引做了官的士子，都是与贵族、大臣私下勾结的，他们一出手就不干不净，正如黄河在发源地就已经混浊了一样（这是罗隐对黄河的认识。自然不是科学的说法）。

五、六两句："高祖誓功衣带小，仙人占斗客槎轻。"包含了两段小小的典故。前一句，暗指汉高祖在平定天下，大封功臣时的"封爵之誓"所说的话，誓文说："使河如带，泰山若砺。"翻译出来就是要到黄河像衣带那么狭小，泰山像磨刀石那样平坦，你们的爵位才会消失（即是永不消失之意）。后一句，却有一则故事，据说汉代张骞奉命探寻黄河源头，他坐了一只木筏，沿黄河直上，不知不觉到了一个地方，看见有个女人织布，还有一个牵牛的男人。张骞后来回到西蜀，向善于占卜的严君平询问这件事，君平说，你已经到过牛斗二宿的所在了。这两件事都是有关黄河的典故。诗人运用这两个典故也有含意，上句的意思是说，自从汉高祖大封功臣以来（恰巧，唐高祖又是唐代开国皇帝），贵族们就是世代簪缨，富贵不绝，霸占着朝廷爵位，排斥别人，好像真要等到黄河小得像衣带一样，才肯放手。下句意思是说，封建贵族霸占爵位，把持朝政，有如"仙人占斗"。他们既然占据了"斗"，那么，对于要到"天上"去的"客槎"（这里指考试求官的人），经他们援引，自然就飘飘直上，不用费力了。由此可见，诗人句句明写黄河，却句句都是暗射封建社会的上层统治集团，骂得非常辛辣，也非常尖刻。这和罗隐十次参加科举考试都没有及第，在痛苦的经历中洞察了唐代官场的腐败黑暗有着密切关系。

最后两句，因为黄河有"千年一清，黄河清就是天下太平"的说法，因此诗人就说，三千年（按，三千年似应作一千年）黄河才澄清一次，谁个还能够等候得来呢！这也是愤慨的话。

这首诗从艺术性来看，当然不能说是写得很好。但是，第一，诗人拿黄河来讽喻科举制度，这构思就很巧妙。其次，句句切定黄河，而又别有所指，手法也是运用得很灵巧的。而且综观全诗，可以看出诗人对唐王朝的科举制度是揭露得淋漓尽致的。也就是说，它在当时有很大的代表性。由于诗中语气异常激烈，所以曾经有人说它"躁"，也即所谓不够"温柔敦厚"。曾写过一本《作诗百法》的刘铁冷，对"解通银汉应须曲，才出昆仑便不清"一联便是这样评价的。他认为"诗有四失""失之大怒其辞躁"。而罗隐这两句诗是"失之大怒"的，因此也就不好。这当然是没有了解当时诗人的思想感情的"中庸"之论，但是他看到这两句诗乃是"大怒"之辞，却实在没有看错。

①阿蛮——唐玄宗尝自称为阿瞒。这里的"阿蛮"疑是"阿瞒"的同音借用，和唐代舞女谢阿蛮无关。

绵谷回寄蔡氏昆仲[1]

一年两度锦江[2]游，前值东风后值秋。

芳草有情皆碍马，好云无处不遮楼。

山牵别恨和肠断，水带离声入梦流。

今日因君试回首，淡烟乔木隔绵州[3]。

[1]绵谷——旧县名，在今四川广元市。昆仲——兄弟。

[2]锦江——在四川成都市南。

[3]绵州——今四川绵阳市。

苏东坡在衙门值夜，有一次带了朋友李之仪的一百多首诗去阅读，一直读到半夜才完。于是他提起笔来，写了一首读后感。其中有句说："暂借好诗消永夜，每逢佳处辄参禅。"又说："愁侵砚滴初含冻，喜入灯花欲斗妍。"有人以为东坡讽刺了这位朋友一下，意在说他的诗太晦涩了，要弄懂它的意思，就得像参禅一样。可是，照"愁侵……喜入……"这两句看来，上句是沉思的神态，下句是领悟的喜悦，实在不像讽刺。

如今单谈罗隐这首诗，并且主要只谈其中的两句，我看是颇有"愁侵砚滴初含冻，喜入灯花欲斗妍"的味道。

"芳草有情皆碍马，好云无处不遮楼。"许多人一看都会觉得是好句。好在什么地方？它写景实在美得很。一读之下，一幅春郊试马图就如在目前。在画面近处，我们看到几个游人各骑着健马，在密茂的青草地上联辔而行，还仿佛听得见马蹄踏在草上发出沙沙的响声。远处，便是一带葱绿的山峦，白云在山间萦绕，透过云缝，参差历落地出现一座座亭台楼阁，游人扬鞭指点，谈论着这里的绮丽风光。用不着再虚构什么情节，只是这样，便是一幅很美的图画了。

这样来理解这两句诗对不对？当然对！因为从写景来说，它就是如此的，可是，仅仅这样理解够不够呢？我们又可以肯定地说，不够。因为作者并不是——准确地说，主要的不在于为我们提供如此这般的一幅画面。作者在这里是抒发自己的感情。当然，景是有的，并且是作者亲历其境的景；然而正如许多寓情于景的诗句一样，这里的景已经不是以独立的现象出现，它已经变成了表现人物感情的因素了。所以, 我们对它的理解必须进深一层。

　　看题目, 这是作者寄给分别不久的朋友——蔡氏昆仲的诗。朋友分手了, 自然会依依不舍, 尽管早已过了几处驿站, 而且眼前好山好水, 但心头上的离情别绪仍然没有完全消除。这时候拦在诗人马前的是一片连绵不尽的芳草, 它们老是绊着马蹄, 蹴脱不开。为什么这样? 作者起初有点不明白, 后来才忽然省悟原来芳草也像那两位昆仲一样, 不愿意放自己离开四川, 老是拦着马蹄, 盼望诗人再逗留一些时候。这就是 "芳草有情皆碍马" 的抒情的内容。

　　诗人万里入蜀 (罗隐是江东人), 故乡远隔天涯, 自然难免会像王粲[1]那样, 登上高楼, 眺望故乡, 舒散一下怀归的感情; 可是四川不只是山川峻秀, 连云彩也是感情丰富的, 它好像是怕诗人登楼远眺, 触动愁怀, 所以总是有意把楼台遮蔽起来, 不让诗人望见故乡。因此, 诗人又不禁感动地写下了 "好云无处不遮楼" 这一形象生动的诗句。

　　这样体味, 这两句诗的内容就比刚才丰富得多了。它不单是一幅春郊试马图, 它更主要的是表达了诗人对于四川山水的感情, 对于异地朋友的感激和谢意。只是作者运用的是我们通常所说的形象思维, 而不是径直说理罢了。

　　由此不难看出, 为什么东坡读一首诗, 也会有 "愁侵砚滴初含冻, 喜入灯花欲斗妍" 的体会。

①王粲, 汉末山阳人, 董卓之乱, 他到荆州去依附刘表。曾登上当阳县城楼, 作《登楼赋》, 表示怀归之意。

韦庄

约836—910年，字端己，长安杜陵（今陕西省西安市附近）人，晚唐诗人、词人。韦庄与温庭筠同为『花间派』代表作家，并称『温韦』。其诗多以伤时、感旧、离情、怀古为主题；其词多写自身的生活体验和上层社会之冶游享乐生活及离情别绪，善用白描手法，词风清丽。著有《浣花集》。

古离别

晴烟漠漠柳毵毵[1]，不那[2]离情酒半酣。

更把玉鞭云外指，断肠春色在江南。

[1]毵毵（sān）——柳叶纷披下垂貌。

[2]不那——同不奈，无奈。

写文艺作品的人,大抵都懂得一种环境衬托的手法:同样是一庭花月,在欢乐的时候,它们似乎要为人起舞;而当悲愁之际,它们又好像替人垂泪了。"碧云天,黄花地。西风紧,北雁南飞……"萧瑟的秋景,有力地衬托出《西厢记》那场别宴中的离情别绪,便是一例。使用这种正面衬托手法,并无足以非议之处;只是用得滥了,也难免令人生厌。"蜡烛有心还惜别,替人垂泪到天明"固然不失为好句,不能老是这样的一种构想。韦庄这首《古离别》,正好跳出这种常见的比拟,用优美动人的景色来反衬离愁别绪,却又获得和谐统一的效果。

晴烟漠漠,杨柳毵毵,日丽风和,一派美景。作者没有把春天故意写成一片黯淡,而是如实地写出它的浓丽,并且着意点染杨柳的风姿,从而暗暗透出了在这个时候和心爱的人诀别的难堪之情。所以,第二句转入"不那离情酒半酣",便构成一种强烈的反跌,使满眼春光都好像黯然失色,有春色越浓牵起的离情别绪也更加强烈的感觉。这个道理,明末王夫之(船山)就已经谈到了。他说:"'昔我往矣,杨柳依依;今我来思,雨雪霏霏。'以乐景写哀,以哀景写乐,一倍增其哀乐。"懂得使用这种反衬所造成的效果,对我们创作和欣赏都不无好处。

"酒半酣"三字也下得好。不但带出离筵别宴的景色,使人看出在柳阴之下置酒送行的场面,并且巧妙地写出人物此时的内心感情。因为假如酒还没有喝,离别者的理智还可以把感情勉强抑制,如果喝得太多,感情又会完全控制不住;只有当半酣的时候,离情的无可奈何才能给人以深切的体味。"酒半酣"之于"不那",起着深化人物感情的作用。

然而作者还嫌不够饱满,因此三、四两句再进一层。这层意思是从第一句引申出来的。行人要去的是江南,江南的春天来得比北方早,杨柳自然更加繁茂,春色也更加动人;可惜这些给行人带来的并非欢乐,而是更多的因春色而触动的离愁。所以在临别的时候,送行者用马鞭向南方指点着,饶有深意地说出"断肠春色在江南"的话。

盛唐诗人常建的《送宇文六》诗说:"花映垂杨汉水清,微风林里一枝轻。即今江北还如此,愁杀江南离别情。"李嘉祐《夜宴南陵留别》诗也说:"雪满庭前月色闲,主人留客未能还。预愁明日相思处,匹马千山与万山。"结尾都是深一层的写法。前代文艺评论家叫这做"厚",也就是有深度。"厚",就能够更加饱满地完成诗的主题。

色调鲜明,音节谐美,是这首诗的另一特色。淡淡的晴烟,青青的杨柳,衬托着道旁的离筵别酒,仿佛一幅诗意盎然的设色山水。诗中人临别时扬鞭指点的动作,又使这幅画图显得栩栩如生。读着它,人们很容易联想起宋元画家所画的小品,风格和情致都相当接近。

韦庄是晚唐比较著名的诗人和词人,由于他所处的是动乱的时代,并且由于时代的、阶级的局限,他眼见唐王朝的统治已到了"日落西山"的境地,常常不能避免地带着一种哀挽的心情。因此在他的作品中,一种淡淡的哀愁,无可奈何地叹喟,常常流露在字里行间。这是我们读韦庄的作品的时候能够感觉得到的。

　　韦庄的诗(尤其是七绝)柔中带健,淡中有韵,而且音节优美,色调和谐,予人以一种清新的美感。他的诗浅处不失于裸露,在流利中仍然显出组织上的细密,因此也经得起咀嚼。这首《古离别》,多少可以看出他的风格来。

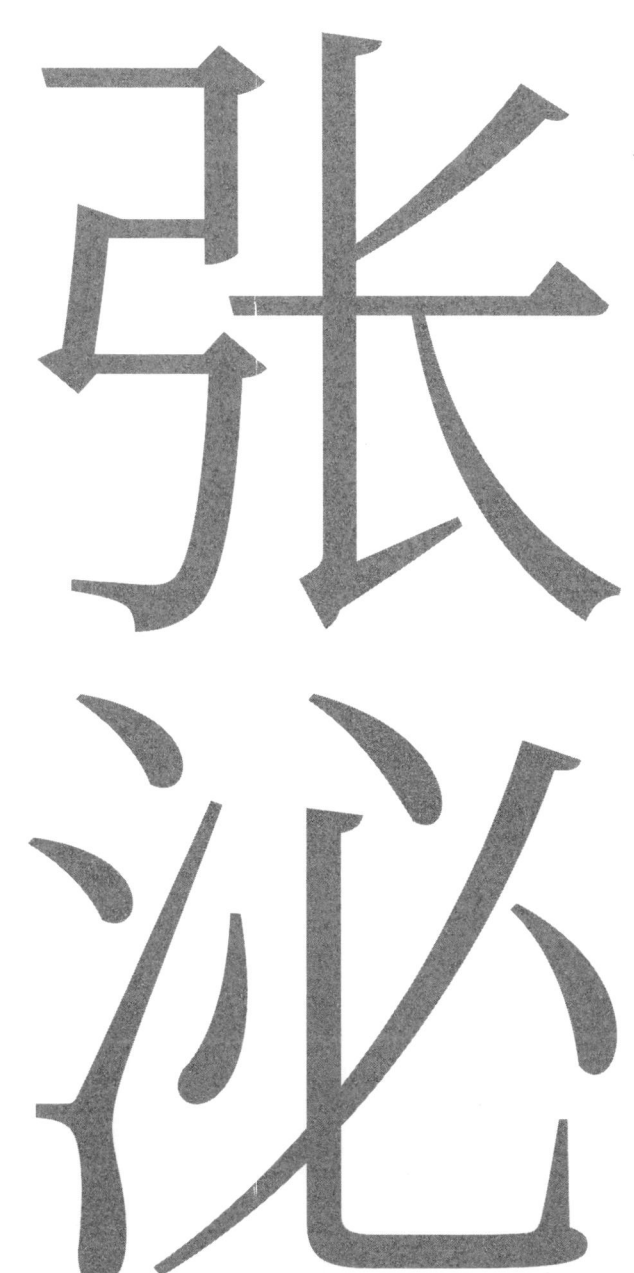

张泌

生卒年不详，字子澄，安徽淮南人。花间派的代表人物之一。其诗多写湖湘桂一带风物，用字工炼，章法巧妙，描绘细腻，用语流便。今存诗十九首。

寄人[1]

别梦依依到谢家，小廊回合[2]曲阑斜。

多情只有春庭月，犹为离人照落花。

[1]清人李良年《词坛纪事》云："张泌仕南唐为内史舍人。初与邻女浣衣相善，作《江神子》词。……经年不复相见，张夜梦之，写绝句云云。"即是此诗。
[2]回合——回环周绕的意思。

以诗代柬，来表述自己心里要说的话，这在古代的文人是常有的事。这首题为《寄人》的诗，就是拿来代替一封信的。

从它措辞简单而又深情婉转的内容看来，诗人是曾经和一个姑娘相好，而后来不知怎样又分手了的。然而诗人始终没有能够对她忘怀。在封建宗法社会的"礼教"阻隔下，既不能够直截痛快地倾吐自己的心里话，只好借用诗的形式，曲折而又隐约地加以表达，希望她到底能够了解自己了。这是题为《寄人》的原因。

诗是从叙述一个梦境开始的。"谢家"也许就是这位姑娘的娘家吧（这位姑娘不一定姓谢。旧体诗词中常用"谢家"来代指女子的娘家，大抵是从谢道蕴这位著名的才女借用来的）。可以设想，诗人曾经在她的家里待过，或者在她家里和她见过面。曲径回廊，本来都是当年旧游或定情的地方。因此，诗人在进入梦境以后，就觉得自己飘飘荡荡地到了她的家里。（句中的"依依"，可以引《楚辞》"恋恋兮依依"作注解，就是依依不舍的意思。）

这里的环境是这样熟悉：院子里四面走廊，那是两人曾经谈过心的地方；曲折的阑干，也像往常一样，仿佛还留下自己触摸过的手迹。可是就偏偏没有看见这位姑娘。他的梦魂绕遍回廊，倚尽阑干，就是找不到她的踪影。他只好非常失望地徘徊着、追忆着，直到连自己也不知道怎样脱出这种难堪的梦境——这就是第二句"小廊回合曲阑斜"描写的梦中情景。

很多人都读过崔护的《题都城南庄》诗："人面不知何处去，桃花依旧笑春风。"宋代词人周邦彦有一首《玉楼春》词，描写的也类似：

"当时相候赤阑桥，今日独寻黄叶路。"一种物是人非的依恋心情，写得同样动人。然而，"别梦……"两句写的却是梦境，而连在梦里也寻找不到自己所爱的人的踪影，那惆怅的情怀就加倍使人难堪了。

人是再也找不到了，那么，还剩下些什么呢？这时候，一轮皎月，正好把它的冷光洒在园子里，地上的片片落花，反射出惨淡的颜色。

"花是落了，然而曾经映照过枝上芳菲的明月，依然如此多情地临照着，还没有忘记他们之间那一段曾经结下的情愫呵！"这后两句就是诗人要告诉她的话。

自然，这首诗是"寄人"的。诗人写出了自己的梦境，又写出了从花月中受到的感触，这就不能不是向这位姑娘表露心事。前两句写入梦之由与梦中所见之景，使对方知道自己思忆之深，后二句再写出多情的明月依旧照人，那就更是对姑娘的鱼沉雁杳有点埋怨了。"花"固然已经落了，然而，春庭的明月还替离人临照落花，仿佛在告诉人们：你们对于"落花"就这样地决绝，连回头一盼也不肯么！诗人言外之意，还是希望彼此通一通音问的。

唐代优秀的抒情诗歌都有这个特点：作者创造的艺术形象是鲜明、准确，而又含蓄深厚的。他们善于通过被塑造的形象的行动，来表达自己深沉曲折的思想感情。因此不需要作者自己外加一句多余的话。正如这首《寄人》诗，只写一个梦魂的行动，只写小廊曲阑和庭中花月，比之作者自己诉说心头上的千言万语，却还要有力得多。"别梦……"两句，比起"有梦也难寻觅"不是还要深刻动人么！

近人论宋诗，说"唐诗之美在情辞，故丰腴；宋诗之美在气骨，故瘦劲"。如果单从文字修饰来理解所谓"情辞"，而看不到形象的提炼所起的作用，我看还是很难理解唐诗"丰腴"之所以然的。不过，这已经是题外的话了。

葛鸦儿

生卒年与生平不详。写景颇具道家色彩。《全唐诗》录其诗三首，即《怀良人》和《会仙诗二首》。

怀良人

蓬鬓荆钗世所稀[1]，布裙犹是嫁时衣。

胡麻好种无人种[2]，正是归时不见归[3]。

[1]这句是说，头发散乱，插的是荆条造成的钗子，穷得来世上少见。

[2]胡麻——即芝麻。后魏贾思勰《齐民要术》："种黑斑麻子，种法与麻同。三月种者为上时，四月为中时，五月初为下时。"

[3]韦庄《又玄集》录此诗，作"正是归时君不归"。此诗又见韦縠《才调集》。

曾经看过明人顾元庆的《夷白斋诗话》里面提到葛鸦儿这首《怀良人》。它特别指出,诗中为什么要写"胡麻好种无人种",因为古代民间相传,种芝麻的时候,假如是夫妻二人一同播种,收成就会增加;不然的话,收成就不好。

指出这一点,的确是很重要的。因为,从多数情况来说,文人写的诗歌运用的大抵是书里的典故,而民间的诗歌运用的大抵是民间传说,或民间流行的隐语、比喻之类,主要是口头流传的东西。

运用书里的典故,假如书还存在,查出来是不难的。但如果运用的是口头传说,情况就不同了。一则口头的东西容易失传,二则有地区不同的限制,三则搜访较难。有许多古代民歌,字面倒好解,就是领悟不出它的妙处,原因常常就在这里。

拿葛鸦儿这首诗来说吧。它收录在《全唐诗》第八百零一卷①。但葛鸦儿的时代、生平已无从知道。只是从诗的内容看,她显然是一位贫苦的劳动妇女,为思忆她的丈夫而写的。题目也许是收集的人加上去,原来不一定有。和文人的创作不同,葛鸦儿巧妙地运用了当时民间的种芝麻的传说,来抒发渴望丈夫及时回来的心情,写得深挚动人。可是,如果我们不知道民间有这种传说——种芝麻要夫妻一起播种才会丰收,那么,我们就不能指出这首诗包含的巧喻,无法解释为什么芝麻没有人种,又怎么同"不见归"联系得上,也更无法说明这首诗的好处了。

这使我想起类似的一件事。

在元人杂剧中，常见有"赵呆送曾哀"这句民间成语。如《儿女团圆》剧二，《墙头马上》剧二，《薛仁贵》剧二则作"赵薰"。但也有作"赵呆送灯台"的，如《黄粱梦》剧二。这话是什么意思呢？是"一去不回"的意思。假如要在古书上找证据，那么，欧阳修的《归田录》倒可以找着："俚谚云：'赵老送灯台，一去也不来。'不知是何等语。天圣中，有尚书郎赵世长，为留台御史。有轻薄子送以诗云：'此回真是送灯台。'其后竟卒于留台。"可知在北宋时，原是"赵老送灯台"的，但在口语流传中，逐步产生变音，于是就有人写成"赵呆送灯台"，甚至变成"赵呆送曾哀"了。

然而问题还没有完全解决。到底是"送灯台"变成"送曾哀"呢，还是"送曾哀"变成"送灯台"呢？为什么又是"一去不回"的意思呢？这就不是在古书里能够解决的了。

解决问题的钥匙原来依然留在民间。

在四川民间故事中，还保存着一段赵巧儿送灯台的传说。故事大致是这样的：

赵巧儿是鲁班师傅的唯一徒弟，可他是生性懒惰，又会作弊，常常因此把事情搞糟。有一回，鲁班打算建一座石桥，不料海龙王老是兴波作浪，很难建成。鲁班为了镇压龙王，就拿出一个木制的灯台，交给赵巧儿，让他送下海去。并且告诉他：龙王看了这灯台，就再不敢兴波作浪了。赵巧儿口里答应，心中可不服气。他认为若果自己造个灯台，一定比师傅那个还好看。于是自制了一个，藏在身上。先点着师傅的灯台，分开水路，直朝龙宫而去。灯台果然发生效力，龙王一见，恭敬下拜，不敢乱动。赵巧儿却要显显自己的本领，就拿出自制的灯台来，把油倒进去燃着。不料他这灯台是漏油的，火忽然灭了。龙王马上翻过脸来，依旧兴波作浪。从此，赵巧儿就再也没有回到师傅身边了。

这个赵巧儿，显然就是《归田录》说的"赵老"，也是元剧中出现的"赵呆"。"送曾哀"自然是"送灯台"音变而成。其所以成为"一去不回"的隐语，故事也交代得很清楚。

由此可见民间成语的来历，要到民间去找；民歌中运用的民间成语、隐语、比喻之类，也要到民间去找。当然有些能找到，有些失传的就找不到了。但流传在民间的无数故事、传说、隐语、比喻，往往具有千数百年的活力，它蕴藏着我们先民的智慧之光，保存了不少至今还有用的资料。民俗学家、语言学家固然应当充分利用，就是研究古典文学的人，欣赏古代民歌的人，也是不能不留意的。葛鸦儿这两句诗，只有到民间传说中取得确解，不过仅仅是一个例子罢了。

这首诗看来是中唐以后至唐末之间的作品。那是社会动乱，农村经济破产，阶级矛盾激化的时期。农村的壮汉不是被迫出外谋生，就是被征调到前方打仗，长期不得归乡。剩下来的老弱，过着极度贫困的生活。诗中描绘的这幅悲惨图画，正是在这样的背景下出现的。

①《全唐诗》卷七八四又收录这首诗，题作河北士人《代妻答诗》，并引《本事诗》说是一个士子所作。恐怕不大可靠。

图书在版编目（CIP）数据

唐诗小札：今天我们怎么读唐诗. 下 / 刘逸生著. — 广州：广东旅游出版社，2019.8
ISBN 978-7-5570-1668-5

Ⅰ.①唐… Ⅱ.①刘… Ⅲ.①唐诗—诗歌欣赏 Ⅳ.①I207.227.42

中国版本图书馆CIP数据核字(2018)第294789号

出 版 人：刘志松
策划编辑：方银萍 龙鸿波
责任编辑：龙鸿波
装帧设计：谭敏仪
责任校对：李瑞苑 刘光焰
责任技编：冼志良

唐诗小札：今天我们怎么读唐诗. 下
TANGSHI XIAOZHA: JINTIAN WOMEN ZENME DU TANGSHI. XIA

────────────────────────────────────

广东旅游出版社出版发行
地址：广州市越秀区环市东路338号银政大厦西座12楼
邮编：510060
邮购电话：020-87348243
深圳市希望印务有限公司印刷
（深圳市坂田吉华路505号大丹工业园二楼）
开本：787毫米×1092毫米　1/16
印张：16印张
字数：156千字
版次：2019年8月第1版
印次：2019年8月第1版第1次印刷
定价：49.00元

版权所有 侵权必究

本书如有错页倒装等质量问题，请直接与印刷厂联系换书。